JN441394

조선 판타스틱 잉글리시

조선 판타스틱 잉글리시

신현수 장편소설

미래인

일러두기

- 이 소설에 등장하는 인물, 학교명, 단체명, 사건 등은 역사적 사실과 무관합니다. 다만 일본인 영어 교사 때문에 남학교에서 동맹 휴학이 일어났던 일, 이봉창·윤봉길 의사의 의거 등은 역사적 사실에 따라 썼습니다.
- 본문은 기본적인 교정 규칙을 따랐으나, 소설 특유의 글맛을 살리고자 일부 비표준어 표현과 당시 사용됐던 옛한글을 허용했습니다.

차례

내 인생의 드라마틱한 날

"경성역입니다, 경성역! 종점이니 모두 내리시오!"

딸랑딸랑 울리는 종소리를 뚫고 누군가 외치는 소리가 들렸다.

사람들이 우르르 전차에서 하차했다. 나도 허둥지둥 따라 내렸다. 회색과 붉은색 벽돌로 쌓아 올린 2층짜리 건물 위에 둥그런 녹색 지붕이 얹혀 있고 한가운데에 원형 벽시계가 걸린 기차역이 보였다. 시곗바늘은 오후 5시 15분을 가리키고, 역사 위 굴뚝에선 시커먼 연기가 피어오르고 있었다.

여기가 경성역이라고? 경성역이 어디지? 경성은 일제 강점기의 서울인데? 얼떨떨해서 멍하니 있는데, 검정 교복 차림에 동그란 뿔테 안경을 쓴 남학생이 초록색 스마트폰을 건넸다.

"이거 떨어뜨렸소. 뭔지 신기하게 생겼군."

어, 스마트폰을 언제 떨어뜨렸지? 어쨌든 고맙다고 할 새도 없이 남학생은 휙 가 버렸다. 그 뒤로 흰 블라우스에 자주색 치마를 입은 여학생이 일본 말로 "지완! 같이 가!"라고 소리치며 종종걸음으로 뒤따라갔다. 뒤에서 익숙한 목소리가 들려온 건 그때였다.

"어머머 로라야. 쟤, 유명한 보산고보 모단 뽀이야. 우리랑 같은 3학년 현지완. 명찰 보니 맞네. 뒤따라가는 애는 일본 애인가 봐. 딱 소문대로네."

돌아보니 절친 수지였다. 그런데 모습이 영 낯설었다. 수지는 하얀 저고리에 종아리가 반쯤 드러난 검정 통치마를 입고 굽 낮은 검정 구두를 신고 있었다. 머리도 찰랑찰랑 긴 생머리가 아닌 댕기 머리이고 손에는 자주색 가방을 들고 있었다.

"수지야, 너 옷이랑 머리가 왜 그래?"

내가 묻자, 수지가 되레 눈을 동그랗게 떴다.

"왜? 뭐 묻었니?"

"그게 아니라……."

싸한 느낌에 주위를 둘러봤다. 어떻게 된 건지 경성역 앞을 오가는 사람들도 온통 낯설었다. 복고풍 양장으로 한껏 멋을 내고 구식 가방을 든 사람, 옛날 교복 차림의 학생들, 양복 윗도리에 중절모자를 쓰고 한복 바지 아래 고무신을 신은 아저씨, 일본 옷 기모노에 게다를 신고 양산을 쓴 채 딸각딸각 걷는 여자, 젖먹이를 업고 보따리를 인 아주머니, 허리가 휘도록 무거운 짐지

게를 진 남자, 노랑머리에 얼굴이 하얀 서양 사람까지……. 누런 군복에 누런 군모를 쓰고 옆구리에 총칼을 찬 채 발맞춰 착착 이동하는 일본군 무리도 보였다. 어, 여기가 어디지?

때마침 뿌우우, 귀청을 때리는 기적 소리가 들려왔다. 그제야 정신이 번쩍 들었다.

아! 중간고사 끝나고 수지하고 드라마 세트장에 놀러 왔었지. 일제 강점기를 재현한 세트장에서 모형 전차를 탔고. 경성역이 종점이라고 했으니 당연히 여기도 드라마 세트장이겠구나.

그때 지나가던 아주머니들이 다가와 말을 걸었다.

"교복 보니 배꽃학당 학생들이구먼. 우리 딸도 내년에 보내려는데."

"거기 여학생들이 영어를 그리 잘한다며? 학생들도 그려?"

"예. 저는 보통이지만 대개 잘하는 편이어요. 이 친구는 아주 잘해요."

수지가 자랑스레 대답하며 나를 가리켰다.

"대단들 하구먼. 공부 열심히들 해, 모단 꺼루랍시고 연애질 같은 거 하들랑 말고. 학생들은 조선에서 선택받은 신여성 아닌감."

아주머니들이 칭찬인지 잔소리인지 모를 말을 한바탕 늘어놓고 갔다. 수지가 툴툴거렸다.

"남의 집 딸들한테 웬 훈수라니? 자유연애 시대에 연애 좀 하면 어때서. 안 그래 로라야?"

배꽃학당? 신여성? 자유연애 시대? 이게 무슨 말? 그러고 보니 아까부터 수지는 보산고보니, 모단 뽀이니, 하며 이상한 말을 했다. 난 일본어를 배운 적도 없는데 아까 여학생이 현지완이라는 남학생한테 한 말이 무슨 뜻인지 그대로 들린 것도 이상했다.

"수지야. 우리가 왜 배꽃학당 학생이야? 보산고보, 모단 뽀이, 모단 꺼루는 또 뭐고?"

수지가 어이없다는 표정을 지었다.

"오로라, 그럼 우리가 사과꽃학당 학생이니? 보산고보는 보산고등보통학교의 준말, 우리 배꽃학당은 배꽃여자고등보통학교. 글구 모단 뽀이는 모단 꺼루의 반대말. 이걸 내가 말해 줘야 해? 전차 조금 흔들렸다고 머리까지 뱅뱅 도는 거야? 정신 차려."

나는 놀라 뒷걸음질하다 꽈당 넘어지고 말았다. 그 바람에 신발 한쪽이 휙 벗겨져 저만치 날아갔다. 그런데 신발이 검은색 구두이지 않은가. 분명 오늘 노랑과 초록이 섞인 키 높이 스니커즈를 신었는데! 옷차림도 수지처럼 흰 저고리에 검정 통치마 차림이고, 머리도 한 갈래로 땋은 댕기 머리였다.

아니, 예쁘기로 소문난 우리 학교 교복, 흰색 블라우스에 빨강 파랑이 섞인 줄무늬 리본 넥타이, 진회색 플리츠 미니 스커트는 어디 갔나! 개성 넘치는 구불구불 물결 펌을 한 내 단발머리는? 나의 최애 잇템 초록색 백팩은? 이게 뭐야. 꿈을 꾸고 있는 건가?

정신을 차리려 손을 털고 땅바닥에서 벌떡 일어났다. 빨도 세게 꼬집어 보았다. 하지만 뺨은 아플 대로 아프고, 경성역 광장의 풍경은 아까보다 더 선명했다.

그때 또다시 뿌우우~ 하며 땅이 떠나갈 듯 우렁찬 기적 소리가 들려왔다. 비로소 뭐가 어떻게 된 건지 알 것 같았다.

여기는 드라마 세트장이 아니었다. 진짜 일제 강점기에 온 것이었다. 타, 임, 슬, 립. 그렇다, 내가 타임 슬립을 한 것이다. 무려 백 년 전쯤의 세상으로, 배꽃학당 3학년 여학생으로…….

3학년 1학기 중간고사가 끝난 오늘, 수지와 드라마 세트장에 놀러 와서 보형 전차를 탔을 뿐인데 엉뚱한 곳으로 왔다니!

모형 전차의 운행 구간은 대한민국역↔경성역이라고 했지만, 세트장의 경성역이 아닌 진짜 경성역에 내린 것이다. 전차가 경성역에 가까워질 때쯤 심하게 흔들리면서 현기증이 느껴졌고, 의식이 가물가물해지던 찰나 종소리가 딸랑딸랑 울렸는데.

뭔가에 홀린 듯했다. 내가 지금 보고 있는 현실이 진짜인지 의심스러웠다. 주변 소리가 멈춘 듯 고요해졌고, 배경이 느리게 움직였다. 내 심장 소리만이 크게 들렸다. 하지만 그것도 잠시였다. 인력거 한 대가 지나가다 봇짐 하나를 떨어트렸다. 인력거꾼이 황급히 내려 봇짐을 주웠다. 이번엔 다른 의미로 가슴이 뛰었다. 당황스러운 동시에 묘하게 설레었다.

오예! 내가 타임 슬립을! 이런 드라마틱한 일이 나에게 일어나다니. 영화나 드라마, 소설에서 주인공이 타임 슬립 하는 거 볼 때마다 재미있겠다고 생각했는데, 내가 식민지 조선의 경성에 온 것이다. 더구나 역사는 국어와 더불어 나의 최애 과목이고, 우리나라의 여러 시대 중에서도 난 일제 강점기에 가장 관심이 많았기에 더 흥분이 되었다. 그래, 이왕 타임 슬립 했으니, 일제 강점기의 역사를 온몸으로 체험하고 가리라. 식민지 조선의 경성에서.

나는 이렇게 마음먹고 얼른 상황을 수습했다.

"아, 잠시 정신이 나갔나 봐. 미안, 이젠 괜찮아!"

수지가 안심한 표정을 지었다.

"다행이다, 난 네가 어떻게 된 줄 알았어. 사람이 갑자기 이상해지기도 하잖아."

그런데 수지도 타임 슬립을 한 건지 아니면 모습만 빼닮았을 뿐 그냥 이곳 사람인지가 궁금했다.

"임수지, 너도 타임 슬립 한 거 맞지?"

내가 묻자, 수지가 눈을 크게 떴다.

"타이무 슬리뿌? 시간이 잠자? 무슨 자다가 봉창 두드리는 소리니?"

타임 슬립을 모르다니, 게다가 영어 발음이 이리도 이상하다니. 진짜 수지라면 이럴 리가 없다. 지금 내 옆의 수지는 그냥 일제 강점기 여학생인 게 분명했다.

"아, 아니. 아무것도 아니야."

나는 황급히 말을 돌렸다. 수지가 내 손을 잡으며 재촉했다.

"얼른 집에나 가자. 너 많이 피곤한 거 같다."

그때 교복 차림의 앳된 남학생이 우리를 부르며 저만치에서 뛰어왔다.

"로라 누나! 수지 누나!"

나는 또 한 번 놀랐다. 남학생의 얼굴이며 목소리, 표정, 몸짓이 나보다 한 살 어린 진짜 내 동생, 도훈과 완전 도플갱어였기 때문이다. 더구나 스마트폰을 주워 준 현지완과 똑같은 교복과 교모 차림이고 윗도리에는 오도훈이라는 명찰까지 붙어 있었다. 그래서인지 이질감은 티끌만큼도 없고 그저 진짜 내 동생이라는 느낌만 들었다. 수지한테 그랬던 것처럼.

도훈이 숨을 헉헉거리며 말했다.

"수지 누나 오랜만이에요! 소풍 재미있었어요? 청량리로 간다고 했었나."

수지가 반색을 하며 대답했다.

"도훈아 반갑다. 응, 갔다 왔어. 너네 학교도 오늘 인천으로 소풍 갔다며? 근데 학교에 재미난 소식 없니? 좀 전에 현지완도 봤는데……."

"어, 현지완 형이요? 수지 누나, 그 선배 알아요?"

"아니, 이름만 아는데 실물은 처음 봤어. 명찰 보고 알았지. 워낙 유명하잖니."

"그렇긴 하죠. 학교에 일이 있긴 있어요. 3학년 선배들이 내일부터 동맹 휴학을 한대요."

도훈이 걸음을 옮기며 대답했고 우리도 나란히 걷기 시작했다.

"무슨 일로? 일본인 선생이 또 학생 괴롭혔니?"

수지가 다시 물었다.

"아뇨. 이번엔 영어 때문이에요. 다나까라는 영어 선생님이 있는데 동경제대* 영문과 출신이거든요. 근데 영어 발음이 아주 후지고 웃겨요."

일제 강점기에 영어 수업이 있다니. 그럼 나도 배꽃학당에서 영어 해야 하나? 아참, 아까 아주머니들도 배꽃학당 학생들이 영어를 잘하네 뭐네 그랬지? 수지는 내가 영어를 잘하는 편이라는 엉뚱한 소리를 하던데.

사실 난 국어와 역사는 상위권이지만 영어만큼은 아무리 노력해도 늘 하위권이었다. 우리 엄마의 교육 철학은 '영어는 인생의 기본 스펙'이다. 그래서 어렸을 때부터 나에게 영어 학습지, 영어 유치원, 영어 학원, 영어 학교는 물론 방학 때면 해외 영어 캠프에도 보냈다. 중학생이 되어서는 영어 독과외까지 해 봤다. 하지만 영어는 원수처럼 늘 내 뒤통수를 쳤고, 중간고사 마지막 날인 오늘의 영어 시험 역시 완전 폭망했다. 그래서 난 수지에게 선언해 버렸다. 앞으로 영어는 포기하겠다고, 영포자 되겠다고. 통역 앱, 번역 앱, AI까지 있는 시대에 영어 때문에 더는 머리 싸매고 싶지 않다고. 내 인생에서 잉글리시 스터디는 영원히 아웃이라고!

* 일본 도쿄대학의 전신으로 '동경제국대학'을 뜻함.

이미 영포자를 선언한 지 오래인 수지는 동지를 만났다며 반겼다. 그러고서 우리는 시험 전에 했던 약속대로 드라마 세트장으로 직행했다. 배우 지망생인 수지가 예전부터 가 보고 싶어했고 나 또한 드라마와 영화를 좋아해 구경해 보고 싶었기 때문이다.

그런데 일제 강점기 학교에서도 영어를 해야 한다니? 눈앞이 캄캄했다. 그렇기에 더더욱 수지와 도훈의 대화를 귀담아들어야 했다.

“일본 사람 영어 발음이 원래 좀 이상하지 않아?”

수지가 묻자, 도훈이 고개를 끄덕였다.

“그렇긴 한데 다나까 선생님은 진짜 심해요. ‘저것이 무엇이냐’를 ‘홋또 이스 잣또?’ 이래요.”

“홋또 이스 잣또? 그게 무슨 영어야?”

내가 황당해하자 도훈이 고개를 저었다.

“그뿐 아냐. 다꾸시, 구리무, 네꾸다이, 이런다니까……. 탁시, 크림무, 넥타이를.”

나는 풉, 폭소를 터뜨리고 말았다. 도훈이 말을 이었다.

“웃을 일이 아냐. 진짜 심각하다고. 그래서 선배들이 영어 선생님을 조선인 선생님으로 바꿔 달라고 했거든.”

“우리 학교는 원어민 선생님이랑 미국 유학파 선생님들이 많아서 로라처럼 영어 잘하고 발음도 좋은 학우가 많은데. 보산고보는 안 그런가 보구나.”

수지의 말을 듣고 나는 또 한 번 놀랐다. 내가 영어를 잘하고 게다가 발음이 좋아? 아까 아주머니들한테도 수지가 그렇게 말하긴 했는데 일제 강점기에서는 내가 '한 영어' 하는 편인가? 하긴 글로벌 시대 출신이니 아무리 영포자라도 이곳 학생들보다는 낫겠지.

수지가 말을 이었다.

"너네 학교 학생들 고충도 진짜 이해된다. 나도 아버지 영향으로 영어 발음 엉망이잖아. 미국 유학 가기 전에 다 고쳐야 하는데 큰일이야."

도훈이 눈을 휘둥그레 떴다.

"와, 누나 미국 유학 가요? 무슨 공부 하러?"

수지가 우쭐한 표정으로 대답했다.

"크라라 보가 주연한 〈잇〉이라는 영화 알지? 나, 그 영화에 완전 빠졌잖아. 그래서 할리우드 가서 연기 배우려고. 크라라 보처럼 시크한 배우가 되고 싶어."

크라라 보? 잇? 그 배우가 누군지, 그 영화가 어떤 영화인지는 몰라도 너무 신기했다. 21세기 수지의 꿈도 세계적인 배우가 되는 건데 이곳의 수지도 그렇다고 하니.

"조선에도 극단이랑 프로덕순도 있던데. 수지 누나 굉장하네요. 미국 유학까시 나 가고……."

도훈이 부러운 눈빛을 보냈다. 그보다도 난 수지의 배경이 궁금했다. 대체 어떤 집안이기에 민족 최대 수난기에 미국 유학까지 갈 수 있나 싶어서.

"수지야, 아버님도 영어를 하셔? 발음은 안 좋으시고?"

내가 은근슬쩍 묻자, 수지가 눈을 동그랗게 뜨고 대답했다.

"어머, 내가 얘기했는데 너 까먹었구나. 우리 아버지 일본 유학파라 동양척식회사에서 영어 실력이 최고잖니. 나도 배꽃학당 입학 전에는 아버지한테 영어를 배웠고. 근데 아버지 발음이 보산고보 다나까 선생 수준이야."

동양척식회사라면 일제 강점기에 조선의 토지와 자원을 약탈했던 악명 높은 그 회사? 그럼 수지는 친일파 부잣집 딸? 21세기의 수지 아버지는 일본 기업 임원이라고 했는데 이 절묘한 매치라니…….

"아참 그랬지. 깜빡했네."

"오로라, 너 오늘 상태 엄청 안 좋다. 근데 조선 사람 중에서도 동문학*, 육영공원**, 한성영어학교*** 출신은 영어 발음이 아주 좋다던데. 보산고보에서도 그런 조선인 선생님을 모시면 될 텐데, 학교에서는 뭐래?"

수지가 묻자, 도훈이 대답했다.

"씨알도 안 먹혀요. 다나까 선생이 동경제대 영문과 출신 수재인데 그 사람을 능가하는 교사가 어디 있겠냐는 거예요."

* 1883년에 조선 한양에 설립된 관립 외국어 학교.
** 1886년에 세워진 우리나라 최초의 근대식 공립 교육 기관.
*** 1894년 조선 한양에 설립되었던 관립 영어 학교.

"하하, 보산고보 학생들이 동맹 휴학 할 만도 하다. 안 그러니 로라야?"

"맞아. 홋또 이스 잣또라니. 너무 웃겨."

맞장구를 치면서도 나는 말을 아꼈다. 배꽃학당 학생으로 타임 슬립 했고, 남동생과 절친 수지가 있다는 것만 알 뿐, 아직 다른 상황을 모르니까. 타임 슬립을 했을 때는 어떤 미션이 주어지기 마련인데 그것을 알아내는 일이 우선이었다.

아무튼 21세기 대한민국에서도 영어 때문에 스트레스 받았는데 20세기에 와서까지 영어 얘기를 듣고 있자니 골치가 아팠다. 그런데 문득 불길한 예감이 들었다. 오자마자 여기서도 온통 영어 이야기라니. 헉! 미션이 혹시 영어와 관계있는 건가? 나 영어 잘 못하는데? 안 돼!

하지만 일제 강점기에 온 것은 내가 처한 현재임에 틀림없었다. 게다가 나의 인생 좌우명이 있다면 카르페 디엠(Carpe diem) 즉, '현재를 살아라' '현재 이 순간에 충실하라'가 아니던가. (예전에 TV에서 〈죽은 시인의 사회〉라는 영화를 보다가 알게 된 이 말이 나는 정말 맘에 든다.) 지금 이 순간이야말로 '카르페 디엠'을 외칠 때였다. 현재에 충실하다 보면 그 어떤 문제라도 헤쳐 나가고 어떤 미션이라도 수행할 수 있으리라. 긍정 여신 나 오로라, 해낼 수 있으리라! 기필코!

나는 수지와 헤어진 후 굳센 각오를 다지며 도훈과 집으로 향했다. 경성의 저녁 하늘엔 붉은 노을이 지고 있었다. 계절은 봄이

나 가을 중 하나인데 확실하지 않았다. 옆에 도훈이 있어 스마트폰을 열어 볼 수도 없고…….

경성챗봇 알림톡 도착

100%

수지와 있을 때와는 달리 도훈은 말이 없었다. 식민지 남학생의 깊은 고뇌인가, 아니면 그냥 성격일까. 궁금해 말을 걸었다.

"너 표정이 왜 그리 어두워. 무슨 일 있니?"

도훈이 발걸음을 멈추더니 머뭇머뭇 대답했다.

"이걸 누나한테 말해야 하나. 학교에서 월사금 독촉을 하는데 일주일 안에 안 내면 정학시킨다네. 아무래도 학교 그만두고 일을 해야겠어. 어머니 약값도 벌어야 하고. 싸전에 외상값도 널렸잖아."

월사금이라면 수업료? 싸전은 쌀 파는 가게? 헉! 나, 가난한 집으로 온 건가? 게다가 어머니 약값에 외상값까지 걱정해야 한다고? 놀란 마음을 숨기며 상황 파악을 더 하려고 조심스레 되물었다.

"그렇다고 학교를 그만둬? 그건 안 되지."

도훈이 시무룩하게 말했다.

"그럼 어떡해. 아버지는 상해 가셔서 감감무소식이고, 어머니도 편찮아서 일을 못 하는데 내가 계속 학교 다니는 건 무리잖아. 아버지 안 계시니 내가 가장이고, 누나처럼 장학생도 아닌데."

세상에! '상해'면 중국 '상하이'를 말하는 것 같은데 그럼 아버지가 독립투사? 일세 강점기에 상해로 간 조선인이라면 십중팔구 독립투사인데? 그리고 어머니는 일을 하긴 했는데 지금은 몸이 아파 못 하는 상태? 희망적인 말이라곤 내가 장학생이라는 것 하나뿐이었다. 타임 슬립 했다고 재미있어했는데 가난한 독립투사 집안의 맏딸이라니. 대한민국에서는 정부 부처 공무원으로 해외 근무 중인 아빠, 패션 디자이너인 엄마, 모범생 동생과 살면서 내 한 몸 걱정만 하면 그만이었는데……. 하지만 K-장녀 아니랄까 봐 나도 모르게 이런 말이 툭 튀어나왔다.

"네가 왜 가장이야, 누나가 있는데. 내가 어떻게든 해 볼게."

도훈이 먹구름 가득한 얼굴로 나를 보았다.

"누나가 뭘 어떡해. 뾰족한 수가 있냐고."

이미 부린 객기를 거둘 수도 없고 나는 호기롭게 대답했다.

"걱정 말라니까. 네 월사금도 누나가 해결하고, 어머니 약값도 마련할 거니까. 누나가 누구니, 오로라야 오로라. 신비로운 빛으로 밤하늘을 수놓는 오로라. 새벽을 알리는 오로라."

도휸이 고개를 끄덕끄덕했다.

"일단 알겠고 고마워. 그래도 혼자 고민 말고 나하고 상의해 줘. 근데 난 누나 이름이 이쁘긴 해도 오로라가 뭔지 모르겠더라. 북극광이라나 남극광이라나 그러긴 하더만."

오로라를 모르다니 의아했는데 일제 강점기의 도훈은 모를 수도 있겠다는 생각이 들었다. 이 시대는 아무래도 천문학이 덜 발달했을 테니까. 말 나온 김에 얘기하자면 내 이름이 '오로라'인 것은 부모님의 신혼여행과 관계가 있다. 엄마 아빠는 특이하게도 오로라를 보러 캐나다 옐로나이프라는 곳으로 신혼여행을 갔다고 한다. 그런데 기상 상황이 좋지 않아 계속 오로라를 못 보다가 돌아오기 전날에서야 관측했고, 거대한 초록색 커튼 같은 오로라에 반해서 첫 아이를 낳으면 이름을 '오로라'로 하고자 약속했다는 것이다. 더구나 '오로라'는 로마 신화에도 등장하는, 동쪽에서 서쪽으로 여행하며 태양이 뜨는 걸 알리는 새벽의 여신이라나?

"누나 이름이야 예쁘고 뜻도 좋지. 태양이 뜨는 걸 알리는 새벽의 여신이라잖아. 아무튼 힘내자. 방법이 있을 거야. 얼른 가자."

니는 도훈과 팔짱까지 끼고 씨씨하게 우리 집이 있는 누상동*

* 서울 종로구에 있는 동네.

으로 향했다. 꼬맹이들이 자치기며 공기놀이를 하는 공터와 다듬이질 소리가 들리는 골목을 지날 때만 해도 나름 기대했다. 비록 가난한 독립투사 집안일지라도 사는 집만큼은 번듯하기를. 하지만 우리 집은 골목에 늘어선 낡은 한옥 중에서도 가장 볼품없고 조그마했다. 대문 안으로 들어가니 한쪽에 봄꽃들이 오롱조롱 핀 꽃밭과 장독대가 보이고, 병아리 몇 마리가 삐약삐약하면서 손바닥만 한 마당을 거닐고 있었다. 집은 방 세 칸과 마루로 이뤄진 본채에 부엌이 딸려 있고, 대문 옆에 문간방이 있는 구조였다.

"어머니! 저희 왔어요. 누나 만나 같이 왔어요."

도훈이 마루로 올라가며 소리쳤다. 나도 신발을 벗고 마루로 올라갔다. 21세기 엄마와 완벽히 닮은 중년 여인이 해쓱한 얼굴로 안방에서 나왔다. 도훈을 처음 봤을 때처럼 그냥 내 어머니라는 느낌이 확 들었다.

"소풍 갔다 와서 고단하지? 얼른 저녁 차려 오마."

"제가 도울게요. 편찮으신데."

내가 따라나서려 했지만, 어머니가 손을 내저었다.

"에구, 내가 미싱은 못 돌려도 밥상은 차릴 수 있으니 걱정 마라. 쉬고 있어."

어머니가 앞치마를 두르며 부엌으로 갔다. 미싱 얘기를 하는 걸 보니 어머니가 하던 일은 재봉 관련 일 같았다. 외할머니가 쓰시던 '싱거 미싱'이라는 재봉틀이 21세기 우리 집에도 있으니까. 거기다 21세기의 엄마도 패션 디자이너인데.

저녁상을 기다리는 동안 나는 집을 좀 더 살폈다. 마루 한구석 삼단 서랍장 위에 놓인 가족사진부터 눈에 들어왔다. 일제 강점기의 아버지 역시 21세기의 아빠와 완전 닮은꼴이었다. 검정 교복에 검정 교모를 쓴 것만 낯설 뿐.

곧 어머니가 부엌과 마루 사이의 쪽문으로 두레상을 밀었다. 도훈이 상을 번쩍 들어 마루 한가운데에 내려놓았다. 보리밥과 뚝배기 된장찌개, 콩나물무침, 콩자반이 놓인 소박한 밥상이었다. 어머니가 앞치마에 손을 닦고 마루로 올라오며 말했다.

"옆집에서 아지노모도*를 줘서 찌개에 넣었는데 맛이 어떨라나 싶다. 왜놈들 거라 안 넣으려다가 버리긴 아까워서."

"잘 먹겠습니다, 어머니."

나는 공손히 대답하고 된장찌개부터 한술 떠서 입에 넣었다. 배가 고팠기 때문일까, 된장찌개며 반찬이며 모두 입에 맞고 꽤 맛있었다.

저녁을 먹은 후 설거지라도 하려 했는데 그것마저 어머니가 못하게 해 내 방으로 왔다. 창호지를 바른 미닫이문을 열자 무명 커튼이 드리워진 들창이 보였다. 그리고 앉은뱅이책상, 책장과 옷장, 구석에 개켜진 요와 이불이 차례차례 눈에 들어왔다.

* 일제 강점기에 일본에서 만들어 판 화학조미료.

** 오늘날의 도덕 교과목을 일컫던 말.

*** 1920~1930년대의 베스트셀러였던 노자영 작가의 연애 편지 서간집.

방으로 들어가 책상 앞에 앉았다. 교과서인 듯 『조선어 독본』 『수신』** 같은 책들이 놓여 있고, 책상 옆 책장에는 『영어 문법 첩경』 『속성 영어 강의록』 『모단 유행어 사전』 『사랑의 불꽃』*** 같은 책들이 꽂혀 있었다. 낯설어야 마땅한데 모두 익숙하게 느껴지는 게 신기했다.

그런데 문득 이런 생각이 들었다. 아무리 타임 슬립이 재미나도 가난한 독립투사 집안의 맏딸이 되는 건 감당할 수 없는 일이라는 생각이……. 일제 강점기에 산다는 것 자체가 힘든 일인데 독립투사 딸이라면 더더욱 고초를 겪기 십상일 테니. 일본 경찰한테 잡혀 고문당하다 꽃다운 생을 마감할 수도 있고…….

아악, 안 돼! 조선 시대, 아니 고려 시대나 통일 신라든 삼국 시대까지도 다 괜찮은데 일제 강점기는 절대 안 될 것 같아. 내 나이 이제 고작 열다섯. 타임 슬립이 아무리 재미나고 드라마틱해도 이건 아닌 것 같아. 21세기 대한민국으로 돌아가자! 당장 경성역으로 가서 대한민국으로 가는 전차를 타자! 나는 자리에서 벌떡 일어났다.

바로 그때 치마 주머니에서 드르르 진동이 울렸다. 깜빡 잊고 있었는데 경성역에서 현지완한테 건네받은 스마트폰을 치마 주머니에 넣어 둔 상태였다. 얼른 꺼내 보니 시대를 훌쩍 거슬러 왔는데도 스마트폰이 작동되는지 웬 알림톡이 와 있었다. 그런데 발신자 이름이나 연락처도 없고 내용도 알쏭달쏭했다.

경성챗봇 알림톡 도착

• 고객명: 오로라

• 내용: 그대는 모형 전차에서 스스로 일제 강점기 학생이 되고자 하야 뜻대로 되엇커니와, 타이무 슬리쁘 한 사실을 깃부게 바다들임이 맛당함. 또한 미쑌 완수 전에는 대한민국으로 도라갈 수 업슴을 엄중히 고함.

• postscript

You have to figure out the mission yourself.

미쑌 찾기를 비롯하야 여기서 버러지는 모든 일은 스스로 해결해야 함.

헉, 이게 무슨 소리야? 경성챗봇이라니 발신자가 누구지? 일제 강점기니까 옛말체는 그렇다 쳐도 영어는 왜 섞어 쓴 거야?

문득 모형 전차를 탔을 때 봤던 광고판이 머릿속에 떠올랐다. 일제 강점기 상품들을 홍보하는 광고판이었는데 영어 관련 광고까지 있었다. 『선생 업시 영어 독학』 『경성 통신 영어 학회』 『영어는 출세의 자본』 『초학자를 위한 영어 독습 초보』 『지금은 영어 인푸레 시대』 같은 제목의 광고였다. 일제 강점기에는 일본어만 하면 되는 줄 알았는데 영어 열풍까지 불었나 싶어 나는 깜짝 놀랐다. 그래서 불쑥 수지한테 이런 말을 하고 말았다.

"우리가 여기선 영포자여도 저 시대로 가면 레벨이 엄청 높을 거 같지 않니? 영어만 따진다면 차라리 일제 강점기 학생이 되는 게 낫겠는데?"

기억을 더듬어 보니 그 순간이었다. 그때 전차가 심하게 흔들렸고, 현기증으로 눈앞이 팽그르르 돌며 의식이 가물가물해지던 찰나 딸랑딸랑 종소리가 울렸는데…….

아까는 어리바리했는데 이제야 확실히 알 것 같았다. 내가 왜 이곳으로 왔는지를. 그저 모형 전차를 탔다가 운 좋게(?) 진짜 경성역에 내렸구나 했는데, 그게 아니었다. 스스로 내뱉은 말이 빌미가 돼 일제 강점기로 소환당한 것이었다.

다시 알림톡을 봤다. 'postscript'은 추신이고, 'figure out'은 의미를 정확히는 몰라도 뒤에 문장으로 미루어 보아 미션을 스스로 찾으라는 뜻 같았다. 어쨌든 경성챗봇의 정체를 알아야 해서 채팅 창에 다급히 질문을 올렸다.

경성챗봇? 발신자는 누구?
영어 문장은 정확히 무슨 뜻이지?

답톡이 바로 왔다.

• 질문에 대해 답할 의무가 업슴.

• 다만 경성에서의 슬기로운 타이무 슬리쁘 생활을 지원코자 아래 사항을 고지하니 숙지 바람.

1. Remember, you can only tell one person.
일제 강점기에서 만나는 사람 중 그대가 타이무 슬리쁘 한 사실은 오직 한 사람에게만 알릴 수 잇슴.

2. 타이무 슬리쁘 기한 hint: smart phone 뺏떼리

3. 정해진 기한싸지 미쑌을 완수 모탈 시, 일제 강점기에 쭈욱 살아야 함.

4. 경성챗봇은 단방향 chatbot이며 쏙 필요한 경우에만 쌍방향 chat을 시전함.

Good Luck!

어이없었지만, 질문을 다시 입력하고 보내기 버튼을 눌렀다. 하지만 몇 번을 해도 전송이 되지 않고 '경성챗봇 님이 챗방에 부재중입니다'라는 메시지만 뜰 뿐이었다.

그제야 일제 강점기에 갇혔다는 걸 알게 됐다. 미션 완수 전에는 못 돌아가는 게 확실했다. 타임 슬립 했다고 좋아했던 게 후회됐다. 아니, 모형 전차에서 일제 강점기 학생이 되는 게 낫겠다고 떠들어 댄 게 더 후회스러웠다.

하지만 이미 엎질러진 일. 정신을 바짝 차리고 알림톡을 다시 보았다. 미션도 스스로 찾아야 하는 데다 정해진 기한에 대한 힌트가 스마트폰 배터리라는 대목에서 정신이 번쩍 들었다. 오늘이 며칠이고, 지금이 몇 시인지부터 확인해야 했다. 스마트폰 시계를 보니 날짜는 1932년 4월 19일, 시간은 7시 15분. 남은 배터리는 100%였다.

모형 전차에 타기 전에 남은 배터리가 33%였는데 지금은 100%라고? 일제 강점기로 타임 슬립 하면서 저절로 충전된 건가? 그렇다면 배터리가 완전히 방전돼 0%가 되기 전까지 미션을 완수해야 한다는 얘기 아닐까. 아니면 모형 전차에 타기 전의 33%가 되기 전까지? 정해진 기한까지 미션을 완수 못 하면 여기에 눌러살아야 한다니. 배터리는 시간이 갈수록 계속 방전돼 하루 이틀이면 0%가 될 텐데. 그 짧은 시간에 미션을 완수해야 하는 건가? 혹시나 충전기가 있나 싶어 가방을 뒤져 보았다. 충전기는커녕 보조 배터리도 없었다. 일제 강점기 교과서와 공책, 필통, 미니 드로잉 북과 색연필만 있을 뿐. 하긴 충전기는 아예 갖고 다니지 않는 데다 아침에 허둥대느라 보조 배터리도 깜빡한 터였다.

그나마 불행 중 다행인 게 있었다. 스마트폰으로 메일, 문자, 카톡, 인스타그램 같은 쌍방향 통신이나 쇼핑, 금융 서비스 같은 걸 하는 것은 안 되지만, 검색과 열람 기능은 모두 된다는 것. 심지어 유튜브 시청도 가능하고, 앱도 거의 작동되었다.

나는 머리를 싸매고 곰곰이 생각하다 결심했다. 그래, 어차피 일어난 일이야. 도망치지 않을 거야. 내가 내뱉은 말, 내가 책임지겠어. 그러다 보면 미션이 뭔지, 타임 슬립 기한이 언제까지인지 알 수 있지 않겠어? 설마 일제 강점기에서 생을 마감하거나 21세기로 영영 못 돌아가기야 하겠어?

잔뜩 오그라들었던 마음이 풀리며 한결 편안해졌다. 아직 초저녁이었지만, 나는 이불을 펴고 큰 대(大) 자로 벌러덩 누웠다. 일백 년 가까운 세월을 순식간에 거슬러 와서 피곤했는지 두 눈이 스르르 감기며 잠이 쏟아졌다.

영포자에서 영천녀로, 레벨 급상승!

여전히 100%

이튿날 아침을 먹자마자 집을 나섰다. 미션의 정체를 조금이라도 알아낸 후 학교에 가고 싶었지만 등교일 첫날부터 결석할 수는 없었다. 다행히 21세기에서도 서울 종로 청운동에 산 덕분에 근처 경복궁에서 배꽃학당이 있는 정동까지의 길은 낯설지 않았다. 경복궁을 중심으로 뻗은 큰길은 백 년 전쯤이라고 해서 크게 달라 보이지 않았고, 스마트폰 지도 앱까지 작동돼 학교를 찾는 것도 그리 어렵진 않았다. 물론 내 눈에 경성 거리는 아무래도 초라해 보였다. 특히 경복궁 앞을 가로막은 조선 총독부 건물은 보는 것만으로도 분노를 유발했다. 하지만 덕수궁 돌담길을 지나 정동길로 접어들면서부터는 마냥 설레고 흥미로웠다. 덕수궁은 초등학교 때부터 여러 번 와 봤다. 수지를 비롯한 친구들과 근처 서울시립미술관에 놀러 왔다가 정동길 투어를 한 적도 있다. 덕수궁 돌담길을 걸어 유관순 열사가 다녔다는 정동교회를 지나, 대한 제국 비극의 장소였던 중명전*을 거쳐 배꽃여자고등보통학교에 도착했다.

우와! 여기가 그 유명한 우리나라 최초의 여학교구나. 내가 배꽃학당에 다니게 되다니! 내심 감탄하고 있는데 때마침 수지가 내 이름을 부르며 달려왔다.

나는 수지 덕분에 교문과 봄꽃들이 화사하게 핀 교정을 당당하게 통과해 우리 반 교실로 들어갔다. 학우들은 내 또래는 물론 언니처럼 나이 들어 보이는 이들까지 가지각색이었는데, 천진하고 해맑으면서도 뭔가 진중해 보였다. 일제 강점기 학생들이라 가슴속에 어떤 비장한 것 하나쯤 품은 까닭일까.

단짝 수지가 짝꿍인 데다 타임 슬립을 한 순간부터 일본어와 한자를 다 읽을 수 있게 된 것도 학교생활에 큰 도움이 되었다. 1교시 역사, 2교시 국어, 3교시 수신 등 수업 시간도 어렵지 않게 지나갔다. 가만히 있으면 중간은 갈 테니 나는 입을 꾹 다물고 수업을 열심히 듣는 척했다. 다만 국어 시간이 조선어가 아닌 일본어를 배우는 시간이라는 점과 역사와 수신 시간에 일본인 교사가 '대일본 제국'과 '천황 폐하' 어쩌고 하면서 조선인을 깔아뭉개는 것은 역겹고 기분이 나빴다. 신기한 것은 수업 시간에 잔

* 덕수궁의 별전으로, 1905년 일본이 한국의 외교권을 빼앗기 위하여 강제적으로 을사늑약을 체결한 곳이기도 하다.

을 자거나 딴짓하는 학우가 한 명도 없다는 것이었다. 다들 눈을 초롱초롱하게 뜨고 반듯이 앉아 수업을 들었다. 덩달아 나까지 허리가 꼿꼿해졌다.

그러는 사이 4교시 영어 시간이 되었다. 서양인 선생님이 들어오는 건 아닐까 했는데 둥근 깃이 달린 하얀 블라우스에 남색 치마를 입고 검정색 메리 제인 구두를 신은 단발머리 선생님이 들어왔다. 손에 든 출석부에 '교사 홍마린'이라 적혀 있어 조선인 선생님이라는 걸 알 수 있었다. 다른 시간엔 선생님이 들어오면 급장이 외치는 "기립!" "경례!" "착석!" 구령에 따라 모두 일어나 깍듯이 인사를 하고 자리에 앉는데 영어 시간은 달랐다. 마린 쌤이 교탁 앞에 서더니 상냥한 목소리로 인사를 했다.

"굿 모닝 스튜던츠! 나이스 투 미츄!"

학우들도 한목소리로 인사했다.

"굿 모닝 티쳐! 나이스 투 미츄!"

마린 쌤이 학우들을 휘둘러보며 고개를 갸웃했다.

"오늘 따라 인사하는 게 왜 이리 힘이 없지? 안츠 유 해피 어바웃 잉글리시 클래스?"

오, 마린 쌤 딕션 좋은데? 21세기 영어 회화 일타강사 같은걸. 내가 감탄하는 사이에 학우들이 한마디씩 했다.

"노 써! 아임 쏘 글래드 투 씨 유."

"노! 잇츠 나이스 투 미트 유. 아이 라이킷."

수지는 아예 큰 목소리로 외쳤다.

“티챠. 을라부 잉굴뤼시 쿨라쑤 쏘 마챠. 마이 뿌로넌시에이쳔 노 이즈 떼라불루 도.”

학우들이 책상을 두드리며 웃음을 터뜨렸다. 어찌나 발음이 이상하던지 나도 폭소를 터뜨렸다. 마린 쌤이 학우들을 조용히 시키고는 유창한 발음으로 말했다.

“수지야. 너, ‘티쳐, 아이 러브 잉글리시 클래스 쏘 머치. 마이 프로넌씨에이션 이즈 테러블 도우’라고 한 거 맞니?”

수지가 울상을 지은 채 고개를 끄덕였다.

“맞아요, 선생님. 발음이 나빠서 못 알아듣겠죠?”

“솔직히 그래. 근데 자꾸 연습하면 좋아질 테니 너무 걱정 마.”

마린 쌤이 수지를 북돋워 주고는 말했다.

“수지가 하는 영어가 일본식이어도 열심히 배우려는 의지가 보여서 선생님은 기쁘단다. 말 나온 김에 얘기하는데, 요즘 조선에 영어 열풍 부는 거 너희도 알지?”

학우들이 너도나도 대답했다.

“예. 알아요! 미츠코시 데파트먼트에 갔더니 숍 걸이랑 엘리베이터 걸*이 영어로 대화를 하더라니까요.”

“명월관 기생들도 사랑방에 강사를 초빙해서 영어 배운대요.”

‘미츠코시 데파트먼트’는 백화점 이름일 텐데 숍 걸이랑 엘리베이터 걸은 뭐지? 알쏭달쏭해하는데 마린 쌤이 말을 이었다.

* 일제 강점기에 백화점 판매원과 엘리베이터에서 손님의 승하차를 돕는 안내원을 일컫던 말.

"그래, 경성제대* 입학시험에도 영어가 있고, 입신양명하고 출세하는 데도 영어가 중요한 시대가 됐구나. 나도 배꽃학당에서 영어 공부 하고 미국 유학까지 다녀온 덕분에 모교에서 너희를 가르칠 수 있었고."

"네. 원더풀!"

"우리의 호프, 우리의 롤 모델. 홍마린 선생님!"

"하하, 고맙다. 식민지 백성 처지에 영어까지 배우는 걸 못마땅해하는 사람들이 있는 거 알아. 근데 선생님은 조선이 독립운동을 하는 데도 영어가 도움이 된다는 것을 강조하고 싶다. 일제로부터 조선이 고통받는 상황과 독립의 당위성을 세계만방에 알리려면 영어가 필요하거든."

학우들이 숙연해졌다. 마린 쌤도 마찬가지였다.

"우리 학교는 영어 배울 수 있는 환경이 오죽 좋니. 교장 선생님처럼 미국에서 오신 선생님들도 많고, 나 같은 미국 유학파도 많잖아. 그러니 영어 공부 열심히 하렴. 명심할 것은 너희는 조선의 선택받은 여성들이라는 거야. 영어든 어떤 공부든 일신 영달을 위해서만 하지 말고 사회를 위해 힘써야 한다는 걸 잊지 말려므나."

학우들이 한목소리로 대답했다.

"알겠습니다. 선생님!"

* '경성제국대학'의 준말. 1924년 일제가 서울에 세운 관립 종합대학. 지금의 서울대학교 전신.

머리가 어질어질했다. 21세기에서도 영어 때문에 스트레스 왕창 받았는데 여기 와서까지 열공해야 하다니? 혹시 영어 전교 1등 하는 게 미션인가? 시간표를 보니 영어 시간이 한 주에 여섯 시간이나 되던데!

이런 생각을 하는 사이 수업이 시작되었다. 그런데 마린 쌤이 나한테 교과서의 한 대목을 읽어 보라는 것이었다. 당황스러웠지만 마음을 가다듬고 교과서를 차분히 읽어 내려갔다. 긴장을 안 한 건 아닌데 어려운 단어도 별로 없고 문장도 복잡하지 않아 술술 읽을 수 있었다. 다 읽고 나자 마린 쌤이 짝짝 손뼉을 쳤다.

"역시 원더풀이야. 로라는 문법이랑 작문도 잘하지만 스피킹과 발음이 특히 좋아. 맞지, 얘들아?"

학우들이 일제히 부러운 눈길을 보냈다.

"네! 로라는 영천녀예요. 영어 천재 소녀. 너무 부러워요."

"맞아요! 어떻게 저렇게 영어를 잘하나 몰라. 네이티브 스피커도 아닌데."

띠용! 나 오로라, 영포자에서 영천녀로 급 레벨 업? 하긴 여기 온 첫날에도 수지는 내가 영어를 잘한다고 했었지. 그래도 설마 했는데, 학교에서 이토록 칭찬을 받다니?

그런데 잠시 생각해 보니 말이 아주 안 되는 소리도 아니었다. 21세기에서는 문법, 독해, 작문 모두 중3치고는 하위권이지만 회화는 꽤 하는 편이니까. 무엇보다도 발음 좋다는 소리는 제법 많이 들었다. 웬만한 영어 우등생보다도 훨씬 나은 편이기도 하다.

21세기에서는 처량한 영포자인 내가 영어 환경이 나쁜 일제 강점기에서는 실력이 좋은 편인가 보다. 칭찬은 고래도 춤추게 한다더니, 추앙을 받으니 기분이 좋아 영어 시간도 빨리 지나갔다.

그런데 수업을 마치고 교실을 나가던 마린 쌤이 내게 잠깐 보자고 했다. 복도로 따라 나가자 쌤이 걱정스레 물었다.

"로라야. 아버님 소식은 들었니? 어머님은 좀 어떠셔?"

"네, 아빠는 해외 근무 중이고 엄마는 회사에 잘 다니시……."

대답하다 말고 나는 아차차 하면서 얼른 말을 돌렸다.

"아버지는 소식이 없으시고 어머니는 좀 편찮으십니다."

"걱정이 많겠구나. 그래서 말인데 로라한테 튜터 자리 하나 소개하려고. 프라이빗 티쳐."

"프라이빗 티쳐라면……. 앗, 과외 선생님? 가정 교사 말씀이에요?"

"그래. 로라가 집안 형편이 좀 어렵잖아. 과외비도 선불로 넉넉히 준다니 무조건 했으면 좋겠다. 선생님 조카한테 영어 가르치는 거야."

오잉! 이런 그레이트 오퍼튜니티라니! 안 그래도 가난한 집 맏딸이라 어깨가 천근만근 무거웠는데. 혹시 이게 미션? 재고 말고 할 거 있나, 든든한 알바 자리가 생기는데. 학우들한테 인기 좋은 마린 쌤 조카라면 믿을 만할 테니 성심껏 해 봐야지.

"감사합니다, 쌤. 소개해 주시면 열심히 하겠습니다. 근데 조카가 몇 학년이에요? 초등…… 아아, 소학생인가요?"

"보산고보 3학년 남학생이야. 사설 강습소에도 다녀 보고, 독과외도 해 봤는데 영어가 통 안 늘더라고. 근데 로라는 잘 가르칠 수 있을 것 같아."

"예에? 보산고보 3학년 남학생이요?"

"응, 성적은 신경 쓸 건 없어. 영어에 관심이 생기고 공부에 취미나 붙이면 좋겠어. 걔가 공부하곤 담쌓고 살아서 걱정이거든."

또래 남학생이라는 게 걸리긴 했다. 하지만 나로 말할 것 같으면 인생 15년 역사상 남친은 없지만 남사친은 여럿 두고 살아온 능력자. 털털 화끈 쿨한 성격 탓에 여사친보다 남사친이 더 많기도 하니, 마린 쌤 조카가 어떤 아이인지는 몰라도 웬만큼은 다 감당할 수 있을 것 같았다. 더구나 성적은 신경 안 써도 되는데 과외비는 선불로 넉넉히 준다니 이만한 알바 자리가 또 어디 있겠나. 정말이지 이게 미션일지도 모르니 열심히 해 봐야겠다는 생각까지 들었다.

알량한 영어 실력이 들통나지는 않을까 걱정되기는 했다. 하지만 내겐 최강 무기 스마트폰이 있다. 검색 기능은 물론 유튜브와 EBS-TV 온라인 강좌를 시청할 수 있다는 건 벌써 알아봤다. 아직 확인해 보지는 않았지만 번역이나 통역 앱까지 작동할지도 몰랐다. 여차하면 스마트폰을 활용해 수업 자료도 만들고, 미리 예습 복습을 해서 가르치면 될 것 같았다.

"네, 쌤. 근데 얼마나 해야 할까요?"

혹시 이것이 미션이라면 정해진 기간이 있을 수도 있기에 조심스레 물었다.

“기간? 그건 안 정했는데? 서로 잘 맞는다면 쭉 계속할 수 있지 않을까?”

마린 쌤의 대답을 들으니 조금 걱정이 되었다. 무기한 과외라면 곤란한데? 계속 일제 강점기에 머물 수는 없잖아? 하지만 너무 시시콜콜 물을 수는 없었다. 일단 부딪쳐 봐야지. 나는 힘차게 말했다.

“네. 알겠습니다. 해 보겠습니다, 쌤.”

마린 쌤이 웃으며 내 어깨를 다정히 토닥거렸다.

“잘 생각했다. 안 한다고 하면 어쩌나 했는데 고맙구나. 근데 쌤이 뭐니? 아까부터 쌤, 쌤 하던데?”

“아, ‘선생님’의 줄임말인데. 제가 만든 신조어…….”

“친근하게 들려 좋구나. 금세 퍼지겠는데? 요새 신조어가 많이 유행하잖아.”

“좋게 봐주셔서 고맙습니다, 쌤…….”

나는 꾸벅 인사를 했다. 마린 쌤은 역시 모던한 신여성이라 생각도 탁 트였구나 싶었다. 고리타분한 선생님 같으면 대번에 ‘쌤’이 뭐냐고 타박을 놓았을 텐데. 타임 슬립 해서 살려니 신경 쓰이는 게 한둘이 아닌 데다 21세기 말도 툭툭 튀어나와 조심스러웠는데 마린 쌤이 나를 인정해 주는 것 같아 기분 좋았다.

마린 쌤은 교무실로 가고 나는 잠시 복도 유리창 너머로 교정을 바라보았다. 사월 중순이라 환한 햇살이 내리비치는 교정엔

백목련이며 자목련, 라일락, 벚꽃 같은 봄꽃들이 다투어 피어 있었다. 봄꽃들을 보자 가슴이 부풀어 오르며 왠지 모를 자신감이 생겼다.

오, 등교 첫날 느낌 좋은데! 알바 자리도 생겨서 살림도 도울 수 있게 됐잖아. 알바만 잘 완수한다면 21세기로 가는 초특급 급행 전차를 탈 수 있을 거 같은데?

물론 불안한 마음이 없는 건 아니었다. 아까 스마트폰을 열어 보았는데 배터리가 여전히 100%라는 게 가장 불안했다. 이곳에 온 지 20시간이 가까워져 오는 지금까지 말이다. 배터리가 방전되지 않으면 영영 여기에 눌러살아야 하나? 설마, 그럴 리는 없겠지.

빼앗긴 들의 해무리뚜

93%

중요한 사실을 발견했다. 스마트폰 배터리가 타임 슬립 한 이후로 24시간마다 1%씩 방전된다는 사실이다. 이에 따라 타임 슬립 7일 차, 영어 과외 수업을 하러 가는 첫날엔 배터리 잔량이 93%가 되었다. '콜럼버스의 신대륙 발견'에 맞먹는, 슬기로운 타임 슬립 생활을 위한 역대급 발견이라 나는 정말 기분이 좋았다. 이대로라면 타임 슬립 한 지 100일 되는 날, 0%로 완전히 방전되기 직전에 21세기로 돌아갈 수 있는 것은 아닐까?

어쨌든 영어 과외 수업은 일주일에 두 번, 평일 하교 후에 하기로 했다. 오늘이 그 첫날이라 하교 후 교문을 나서는데 수지가 조잘거렸다.

"현지완이 마린 쌤 조카라니! 이래서 세상이 좁다고 하나 봐.

근데 너, 괜찮겠니? 방에 단둘이 있어야 할 텐데?"

수지는 어느새 나한테 영향받아 선생님을 '쌤'이라 부르고 있었다. 마린 쌤의 예상은 적중해 다른 학우들까지 선생님들을 '쌤'이라 불렀다. 난 콧방귀를 뀌었다.

"어머나, 무슨 그런 고리타분한 말씀을. 남녀칠세부동석 시대도 아니고, 모던한 이 시대에 남녀가 한방에 있는다고 뭔 일 난대? 더구나 난 스승, 현지완은 제자인데? 이름하여 사제지간."

"오호, 역시 오로라! 그래서 말인데 단짝 오로라 양의 성공적인 튜러 활동을 응원코자 현지완에 대해 심층 뒷조사한 초특급 정보를 알려 주겠다. 5박 6일 동안 인맥을 총동원해서 알아본 결과니까 리수뜬 깨어뿔리."

"아니, 그런 걸 뭐 하러 조사해. 닥치는 대로 하면 되지. 그리고 리쓴 케어플리다."

내가 핀잔을 놓았지만, 수지는 아랑곳하지 않고 말했다.

"오케이, 리쓴 깨어뿔리, 첫째, 현지완은 공부는 담쌓고 연애에만 정신 팔렸으며 상대도 조선인 일본인 안 가리는 바람둥이다. 둘째, 도도 깐깐 까칠하여 범접하기 심히 힘든 성격이다. 셋째, 아버지는 조선 총독부 고관에 형은 동경제대 상과 재학 중이며 어머니는 자식 출세시키려 물불 안 가리는 극성 마미라 주의가 요망된다. 이상!"

앗, 아버지가 총독부 고관이면 수지네 못잖은 친일파 집안? 그렇다면 현지완도 친일파라는 건가? 물론 아닐 수도 있었다. 수지는 아버지와는 달리 일본에 대해 적개심이 많으니까.

"그런 걸 다 어떻게 알아냈어? 나도 오늘에서야 마린 쌤한테 현지완이 과외 대상이라는 얘기 듣고 깜놀했는데. 수지야, 너 탐정 해도 되겠다."

"내 말이. 그리고 조사해 보니 생각보다 더 심각한 요주의 인물이더라. 수업할 때 꼭 방문 열어 놓고 해야 한다. 수상한 짓 하면 즉각 뛰쳐나오고."

"걱정해 주는 건 고마운데. 너, 현지완한테 마음 있니? 네가 걔한테 더 관심 있는 거 같은데?"

수지가 펄쩍 뛰었다.

"무슨 소리야! 우정을 이렇게 깔아뭉개기 있기 없기?"

"하하. 없기. 특급 정보 고마워. 많이 참고할게."

잠시 후 수지와 헤어져 마린 쌤이 적어 준 주소대로 현지완이 사는 계동으로 갔다. 부자 동네답게 솟을대문 집도 있고 신식 주택도 즐비하게 자리 잡고 있었다.

종이쪽지에 적힌 주소와 골목길의 집들을 확인하며 바삐 걸어갈 때였다. 길모퉁이 담벼락 아래에서 교복 차림의 남학생과 기모노를 입고 게다를 신은 단발머리 여자애가 얘기하는 모습이 보였다. 남학생은 등을 돌리고 있어 얼굴이 보이지 않았는데 갑자기 여자애가 일본 말로 목소리를 높였다.

"지완, 네가 그랬잖아. 이럴 거면 왜 그랬어. 병 주고 약 주니?"

어, 지완이라면 현지완? 녀석으로 추정되는 남학생의 목소리가 들렸다.

"스미레. 그런 뜻은 아니었는데, 어쨌든 내가 사과할게. 마음 풀어."

수지 말대로 바람둥이 맞나 보네. 진짜 요주의 인물이군. 약속 시간은 다가오는데 모른 척 지나가야 하나 어째야 하나 몹시 난처했다.

그때 스미레가 뭐라 뭐라 소리치더니 비련의 주인공처럼 울음을 터뜨리며 내 옆을 휙 지나갔다. 현지완은 스미레를 잡지도 않고 모퉁이로 돌아가 버렸고…….

¤

"난 그쪽 필요 없거든. 돈이 필요하나 본데 시간이나 때우고 가지. 오늘 과외비는 정확히 계산해 줄 테니까."

책상을 사이에 두고 마주 앉은 현지완이 까칠하게 말했다. 예상하지 못한 강펀치에 나는 말문이 막혀 버렸다. 언제 봤다고 초면에 반말이야? 동갑내기지만 말 트기로 합의한 것도 아니잖아. 아참, 경성역에서 보긴 봤는데 기억 못 하나 보군. 아, 혹시 아까 길모퉁이에서 내가 로맨스 현장을 목격한 걸 눈치 챘나? 스미레가 내 쪽으로 뛰어오는 즉시 몸을 숨겼는데? 암튼 이게 무슨 매너야? 빤빤한 얼굴을 무기로 예의는 밥 말아 먹는 스타일? 뭐, 돈이 필요하나 본데 시간이나 때우고 가라고? 민족의 고혈을 팔

아먹고 사는 친일파 부잣집 막내아들답게 싸가지가 한 트럭이군. 너무 어이없어 내가 벙쪄 있는 사이, 현지완이 말을 덧붙였다.

"나는 영어 같은 거 관심 없어. 나라도 결딴난 마당에 일본어도 진절머리 나는데 영어까지 배워야 해? 모단 꺼루, 모단 뽀이, 모단 딴수처럼 모단만 붙이면 통하는 세상이라서? 영어로 생각하고 영어로 말하면 문명인입네 행세할 수 있어서? 차라리 룸펜이 되는 게 낫지."

'모단 꺼루, 모단 뽀이, 모단 딴수'라는 대목에서 풉, 뿜을 뻔했지만 난 꾹 참고 녀석을 쏘아보았다. 어쭈. 꼴에 제법 비장하네. 나라가 결딴난 마당을 운운하다니 제깟 게 독립투사라도 되나? 공부는 하기 싫은데 합리적인 이유를 대기는 힘들고, 식민지 청소년의 비장 콘셉트로 코스프레하는 모양인데 쫌 웃기네.

조금 전, 모던한 현지완 집에 들어서서 통성명을 했을 때부터 예감이 좋지는 않았다. 치렁치렁한 서양식 홈드레스에 파마머리로 한껏 멋을 부린 현지완 어머니는 나를 반겼지만, 체크무늬 셔츠에 양복바지를 차려입은 녀석은 까칠 도도 깐깐한 표정으로 일관했다. 경성역에서 스마트폰을 주워 줬던 인연도 기억 못 하는 것 같고, 나를 내켜 하지 않는 분위기가 역력했다. 녀석의 방에 들어섰을 때 조선 최초의 현대 무용가 최승희나 서양 여배우들의 브로마이드가 잔뜩 붙어 있고 원탁에 라디오와 축음기, 레코드판 여러 장이 있는 걸 보고서도 알아보긴 했다. 마린 쌤과 수지 말대로 공부하고는 담쌓은 녀석이라는걸. 유리문이 달린 책장에 일본어판 『세계문학전집』이며 일본어 참고서, 『English Grammar for Begginers』 『이십세기 일영회화』 『실용영어문법』 『썰늬버 여행기』 『쏠스또이 선생의 일과』 『혈의 누』 『나빈손 표류기』 같은 책들도 꽂혀 있었지만 보나 마나 장식용일 게 뻔했다. 내 방에 있는 것과 같은 『사랑의 불꽃』은 표지부터 너덜너덜한 걸 보면 작업용으로 꽤나 읽은 것 같았지만. 한구석에 놓인 바이올린도 과연 줄이나 튕길 수 있을지 의문이었다.

사실 과외 대상이 현지완이라는 것만 마린 쌤에게서 들었을 뿐, 녀석에 대해서는 수지가 알려 준 정보 말고는 아는 게 없었다. 그래서 여러 경우에 대비해서 첫 수업 시간의 여러 시나리오를 짜 놓긴 했다. 그렇대도 이렇게 나오리라는 건 전혀 예상치 못했기에 나는 당황할 수밖에 없었다. 최소한 현지완 동의하에 영어 과외를 하는 걸로 알고 왔으니까.

나는 '알겠네, 그런 소리를 듣고도 자네를 상대한다면 오로라가 아니라네!'라고 소리치며 옐로카드를 내밀고 자리를 박차고만 싶었다. 하지만 현실은 아픈 어머니 약값과 남동생 월사금을 걱정해야 하는 가난한 독립투사 집안의 맏딸. 게다가 이것이 미션일지도 모르는 중차대한 상황. 자존심 따위 안드로메다로 날려 비려야 하는 처지였다. 나는 자리를 박차기는커녕 허리와 엉덩이를 의자에 더 딱 붙이고 앉아 침착하게 말했다. 화가 난다고 화를 내면 바보니까. 함부로 나대는 녀석을 제압해야 하니까.

"초면에 진짜 무례하군. 그렇게 하기 싫었으면 어머니한테든 홍마린 쌤한테든 안 한다고 했어야지. 사람 오게 해 놓고 이게 무슨 경우야? 그리고 난 공짜 돈 같은 건 안 받거든. 오늘은 이런 상황을 모르고 왔으니 한 시간 수업하고 과외비는 받아 가야겠어. 똑바로 앉아 보지."

현지완이 흠칫 놀라는 것 같았다. 하긴 이렇게 당찬 여학생을 언제 봤겠어? 일제 강점기 여학생이라면 아무래도 남존여비 사상에 순응하는 데다 장래 꿈이라 봤자 대개 현모양처일 테니 다소곳하고 얌전할 거 아니겠어? 하지만 난 양성평등 사상과 성인지 감수성 교육으로 중무장한 21세기 출신이란 말이지! 나는 참교육을 시전할 생각으로 최대한 차분한 표정을 유지하며 책가방에서 공책과 연필을 꺼내 현지완 앞으로 밀어 놓았다.

"영어 단어 테스트부터 하지. 그쪽 수준을 알아야 맞춤형 수업을 할 수 있으니까. 내가 우리말로 말하면 해당하는 영어 단어를 공책에 적어. 모두 스무 문제야. 렛츠 겟 스타디드!"

녀석이 호응하든 말든 나는 칠판에 분필로 단어를 적으며 테스트를 시작했다. 과외 교실 아니랄까 봐 현지완 방에는 벽에 칠판이 달려 있었다.

"1번 젊음, 2번 미래, 3번 자라다, 성장하다……."

내 딴엔 십 대 청소년이 꼭 알아야 할 단어 위주로 골라 온 것이었다. 하지만 녀석은 공책을 펴지도, 연필을 쥐지도 않고 심드렁한 얼굴로 창밖만 내다봤다. 난 상처받지 않았다. 다만 분노했을 뿐. 그럼 나도 녀석을 깔아뭉개며 다음 작전으로 돌입할 수밖에.

"음. 모르는구나? 이렇게 쉬운 단어도 모르다니. 고보 3학년이면 이 정도는 알아야 하는데……. 그럼 4번 백화점……. 아, 이건 맞힐 수 있겠다. 5번 연애편지."

현지완이 어이없다는 표정으로 나를 힐끔 보더니 공책을 폈다. 오, 'Love Letter'라고 쓰려나 보다 했는데 웬걸. 영어가 아닌 한글로 웬 시구를 쓰기 시작했다.

빼앗긴 들에도 봄은 오는가

지금은 남의 짱-빼앗긴 들에도 봄은 오는가?
나는 온몸에 해살을 밧고
푸른 한울 푸른 들이 맛부튼 곳으로
가름아 가튼 논길을 따라 꿈속을 가듯 거러만 간다.

입술을 다문 한울아 들아
내맘에는 내 혼자 온 것 갓지를 안쿠나!
네가 끌엇느냐? 누가 부르드냐? 답답워라, 말을 해 다오.

어쭈, 시인 지망생인가. 자작시치고는 진짜 시인 뺨치게 잘 쓰네, 하는 순간 생각이 났다. 아, 맞다. 일제 강점기의 대표적인 저

항시, 이상화 시인의 〈빼앗긴 들에도 봄은 오는가〉였다. 친일파 아들이 이런 시를 필사하다니 종잡을 수가 없었다.

이번엔 녀석이 책꽂이에서 책 하나를 꺼내 오더니 다시 앉아 나 보란 듯 거꾸로 펼쳐 들었다. 이 녀석이 나를 투명 인간 취급 하나? 욱하는 마음이 들었지만 뭐 어쩌겠나. 돈이 웬수고, 미션이 문제고, 일단 한 시간은 때워야 과외비를 받을 수 있다는 게 현실이니!

어떻게든 시간을 끌어야 했다. 단어 테스트는 중단하고 책가방에서 영어 소설책 『로미오와 줄리엣』 두 권을 꺼냈다. 책이라기보다는 스마트폰에서 영어 원문을 검색해 일일이 공책에 베껴 써 온 것이었다. 『로미오와 줄리엣』을 첫 수업 교재로 고른 건 내가 좋아하는 작품이기도 하고, 아무래도 청소년기에는 시대와 관계없이 누구나 로맨스 소설에 흥미가 있을 거라 생각 한 때문이었다.

나는 두 권 중 한 권을 현지완 앞에 밀어 놓으며 또박또박 말했다. 보산고보 학생들이 영어 발음이 엉망진창이라니까 특히 발음에 유의하면서.

“두 유 해픈 투 노우 디 잉글리시 노블 『뤄미오 앤 쥴리엣』?”

간밤에 엄청 열심히 연습한 대사였다. 꼴에 알아들었는지 녀석이 되물었다.

“노미오 앤 쥴리에또? 금시초문이네.”

반응해 주는 것만으로도 반가워 나는 다시 말했다.

"그럼, 홧 어바우트 셰익스피어?"

"쉐익수피아? 해무리뚜 쓴 작가?"

"풉! 해무리뚜!"

나는 폭소를 터뜨리고 말았다. 햄릿이 해무리뚜라니, 보산고보 학생들의 동맹 휴학 원인이 된 다나까인지 다낚아 선생의 영향 같은데, 막상 면전에서 들으니 진짜 너무 웃겼다. 나는 겨우 웃음을 멈추고 다시 말했다.

"맞아, 근데 해무리뚜 아니고 햄릿. 쉐익수피아 아니고 셰익스피어라고 해야 해. 암튼 영어는 싫어도 러브 스토리는 관심 많지? 롸미오 앤 쥴리엣은 셰익스피어가 쓴 유명한 로맨스 소설이거든. 같이 읽어 보자. 내가 한 문장 읽으면 그 문장을 그대로 따라 읽으면 돼."

하지만 내가 웃어서 기분 상했는지 녀석은 차갑게 쏘아붙였다.

"시간이나 때우고 가라고 하지 않았나? 관심 없어."

이거 쌩또라이 아냐? 이럴 거면 좀 전엔 왜 반응했지? 일제 강점기에 나 같은 엘리트 튜터를 어디서 만난다고, 굴러 들어온 복을 제 발로 걷어차? 좋아. 계속 이렇게 까칠하게 나온다면 나도 절대 친절하지 않을 테다.

"러브 스토리도 관심 없구나? 그래도 시간이나 때우는 건 내 자존심이 허락하지 않으니까 롸미오와 쥴리엣 영어 원문을 읽겠어. 귀담아듣든 귀를 처 막든 알아서 해."

속에선 천불이 났지만 나는 『로미오와 줄리엣』을 첫 문장부터 큰 소리로 읽기 시작했다. 한껏 혀를 굴리고, 중간중간 쉼표 구간을 특히 유의하면서.

"뤄미오 앤 쥴리엣. 뤼튼 바이 윌리엄 셰익스피어. 앳 더 타임 웬 베로나 워즈 엣 잇츠 헤이트 오브 프라스페러티, 데어 워 투 훼이뭐스 훼밀리즈 후 해이티드 이취 아더. 데이 워 콜드 더 몽태큐 앤드 더 캐플릿. 데이 워 보스 웰씨…….*"

이런 걸 딕션이 좋다고 하던가. 내가 생각해도 오늘따라 발음이 유창하고 매끄럽게 술술 잘 읽혔다. 물론 첫 수업에서 녀석의 콧대를 꺾어 놓기 위해 원문을 두 번이나 베껴 쓴 데다, 간밤에 눈꺼풀을 내리누르는 졸음을 참아 가며 몇 번이나 읽는 연습을 하기는 했다. 그렇게 얼마쯤 읽었을까. 쌕쌕 숨소리가 들려서 보니 현지완이 바로 코앞에 바짝 다가와 있었다.

"깜짝이야! 같이 읽어 볼래?"

"아, 아니."

녀석이 벌게진 얼굴로 일어나 뜬금없이 체조를 하기 시작했다. 그때 똑똑 노크를 하고는 지완 어머니가 문을 열고 들어왔다.

"한 시간 지났는데 선생님이 안 나오기에……. 밖에서 들었는데 로라 선생 영어가 엄청나던 걸요. 진짜 유창하더라고! 난 영어는 몰라도 잘하는지 못하는지는 알거든."

* At the time when Verona was at its height of prosperity, there were two famous families who hated each other. They were called the Montagues and the Capulets. They were both wealthy…….
(『로미오와 줄리엣』(셰익스피어, 월드컴) 중에서)

"과찬이십니다, 어머니. 말씀 놓으시고요. 아드님 또래인데요."

내 딴에는 한껏 예의를 차려 대답했다. 내가 또 어른에게는 '한 공손' 하는 스타일이라.

"아이구, 예의 바르기도 하지. 암튼 오늘 수고했어요. 이건 한 달 치 과외비."

지완 어머니가 흡족한 얼굴로 누런 봉투를 내밀었다. 한 달 치를 다 받아야 할지 말지 망설여져 나는 솔직하게 말했다.

"일단 오늘치만 주셔요. 아드님이 저를 탐탁잖아 해서 과외를 계속할 수 있을지 몰라서요."

"무슨 소리야. 계속해야지. 지완아, 너 로라 선생한테 과외 계속 받아야 한다. 영어의 '영'자도 모르는 내가 들어도 예전 선생님들하곤 차원이 달라."

현지완은 대답하지 않았다. 마마보이라서 어머니 앞에서는 꼼짝을 못 하는 건지 아님 과외 선생으로서 내가 내심 마음에 들었는지 알 수가 없었다. 지완 어머니가 내 손에 과외비 봉투를 꼭 쥐여 주며 다시 말했다.

"일단 받아 가고 무조건 계속해 줘요. 내가 로라 선생이 너무 마음에 들어서 그래. 표현을 안 해서 그렇지, 이 녀석도 벌써 인정했을걸."

"네, 알겠습니다. 어머니."

나는 못 이기는 척 봉투를 받아 들고 현지완 집을 나섰다. 이것저것 따질 처지가 아니었다. 『로미오와 줄리엣』 원서를 읽을 때 녀석이 바짝 다가앉았던 게 긍정적으로 생각되기도 했다. 현지완이 벌써 나를 인정했을 거라는 지완 어머니의 말도 살짝 힘이 되었다. 한 달 치 과외비 받은 걸 봤으니 녀석도 한 달은 어쩌지 못하겠지.

현지완네 집을 나와 골목을 벗어났을 무렵 살그머니 봉투를 열어 보았다. 깜짝 놀랄 정도로 많은 돈이 들어 있었다. 쌀 세 가마니 값 수준이었다. 마린 쌤이 과외비를 넉넉히 준다고 하더니 정말이구나. 이 정도면 목숨 걸고 과외 선생 사수해야지. 일단 어머니 약첩이나 지어 갖고 가자.

수지가 알려 준 한약방을 향해 나는 발걸음을 서둘렀다. 한 달 치 과외비를 선불로 받을 것 같아 어제 미리 찾아가 어머니 약을 예약해 둔 터였다. 현지완이 예상보다 훨씬 더 까탈스러운 게 마음에 걸렸지만 그래도 녀석의 집을 찾아갈 때보다는 걸음이 가벼웠다.

¤

"메 아 헤프 유, 싸? 와또 아르 유 루킹그 폴?"*

한약을 사 들고 우리 집 대문 앞에 이르렀을 때였다. 담장 안쪽에서 웬 여자 목소리가 날아왔다. 문간방에 세 들어 사는 미츠

* May I help you, sir? What are you looking for?

코시 백화점 숍 걸, 김곱분이라는 언니 같았다. 영어 회화를 연습하나 본데 뭐라는 건지 통 못 알아들을 정도였다.

곱분 언니에 대해서는 며칠 전 어머니와 도훈에게 정보를 입수한 상태였다. 나이는 나보다 두 살이 많고 충청도 대전이 고향인데 아주 악바리여서 백화점 우수 사원이며 성공과 출세에 대한 야망도 크다고 했다. 그래서 요즘은 틈만 나면 영어 공부 한다고 야단이라는 것. 곱분 언니 목소리가 다시 담 너머에서 들려왔다.

"하우 어바우또 디스 셔또, 싸? 잇쯔 어 빠뿔라 데자인노 어몽그 빠쇼니스타즈 디즈 데이즈."*

나는 새삼 놀랐다. 일제 강점기인데 이렇게 사방팔방에 영어를 배우려는 사람들이 많다는 사실이. 근데 '메 아 헤프 유'는 '메이 아이 헬프 유', '어바우또'는 '어바우트', '데자인노'는 '디자인', '빠쇼니스타즈'는 '패셔니스타즈' 같은데 맞나? 근데 '싸'는 뭐야? 뭘 싸? 쌈 싸? 보자기에 싸? 궁금한 마음을 안고 대문 안으로 들어갔다. 단발머리에 꽃핀을 꽂은, 곱상하게 생긴 젊은 여자가 영어책을 든 채 나를 반겼다. 다리가 드러나는 짧은 보라색 스커트에 하늘하늘한 연분홍 블라우스를 입은 차림새였다.

"로라 왔구나. 마침 잘 왔네. 너 오기 기다렸어."

"왜요, 곱분 언니?"

* How about this shirt, sir? It's a popular design among fashionistas these days.

처음 보는 얼굴이지만 아닌 척, 언니라는 호칭까지 써 주며 나는 자연스럽게 되물었다.

“백화점 쉬는 날이라 영어 공부 좀 허구 있었는데 물어볼 게 있어서. 배꽃학당 학생이니 로라는 영어 잘 하잖여.”

“물어봐요. 언니.”

“이 부분 해석을 못 하겠는데 뭐라는 뜻이여?”

곱분 언니가 영어책의 접힌 부분을 가리켰다. 타임 슬립 하기 전 모형 전차에서 광고로 봤던 『선생 업시 영어 독학』이라는 책이었다. 그런데 몇 번을 읽어 봐도 알쏭달쏭한 게 뜻을 통 알 수가 없었다. 어쩌겠나, 스마트폰 번역 앱을 열어 볼 수도 없고 솔직히 말할 수밖에.

“음, 문장이 길고 복잡해서 저도 모르겠는데요?”

“어머, 너는 배꽃학당 다니면서 이것도 모르니? 실망이다.”

곱분 언니가 면박을 놓더니, 문간방으로 쏙 들어가 버렸다. 이름은 곱분이어도 성격은 곱진 않은 것 같았다. 곧 문간방에서 축음기를 틀었는지 익숙한 멜로디가 들려왔다. 나도 익히 아는 〈다뉴브 강의 푸른 물결〉이라는 클래식 음률인데 비장한 가사를 담은 노래가 흘러나왔다.

광막한 황야를 달리는 인생아
너는 무엇을 찾으러 왔느냐
이래도 한 세상 저래도 한 평생
돈도 명예도 사랑도 다 싫다.

때마침 도훈이 대문으로 들어오며 내게 속닥거렸다.

"곱분이 누나 또 〈사의 찬미〉* 틀어 놨네. 나는 저 노래 청승맞아서 싫은데."

곧 우리는 마루에 앉아 저녁을 먹었다. 나는 숟가락을 들기 전 어머니 약첩과 도훈이 월사금부터 내밀었다.

"영어 과외 시작해서 과외비 받아 어머니 한약 좀 지어 왔어요. 도훈아, 네 월사금도 마련했으니 내일 학교에 갖고 가렴."

어머니가 눈물 글썽한 눈으로 대답했다.

"에구, 로라가 고생이구나. 공부할 시간도 모자란 판에 과외 선생까지 해야 하니 얼마나 고단할 겨. 약첩 달여 먹고 얼른 나아서 부지런히 일하마."

도훈도 비장한 표정으로 말했다.

"누나. 고마워. 나도 열심히 공부해서 다음엔 꼭 장학금 타도록 해 볼게."

"어머니는 일 천천히 하셔도 되니까 얼른 낫기나 하셔요. 도

* 1926년에 발표된 번안 가요로 윤심덕이 불렀다.

훈이 너도 너무 무리하지는 말고. 공부가 인생의 전부는 아니잖아."

도훈이 빙그레 웃으며 고개를 끄덕였다. 공부에 관해 어머니가 뭔가 한 소리 할 줄 알았는데 그냥 미소만 지었다.

저녁을 다 먹고 숭늉으로 입가심하고 있을 때였다. 대문을 쾅쾅 두드리는 소리와 함께 일본 말이 들려왔다.

"문 열어! 빨리 열지 못할까!"

어머니가 이맛살을 찌푸렸다.

"종로서 귀신 또 왔네. 도훈아, 얼른 대문 열어 줘라. 동네 시끄럽다."

"저 인간은 왜 또 온 거야. 꼴 보기 싫은데."

도훈이 투덜거리며 나가 대문을 열어 줬다. 그러자마자 몸이 깡마르고 머리에 도리우치*를 쓴, 일본인 냄새를 팍팍 풍기는 남자가 거들먹거리며 들어왔다. 어머니가 얼른 마루를 내려가 꾸벅 인사했다.

"타케루 순사님 오셨습니까."

일본 순사가 온 걸 보니 아버지가 독립투사일 거라는 내 짐작이 맞는 것 같았다. 나는 어쩌나 보려고 두레상 앞에 그대로 앉아 있었다. 타케루가 구둣발 소리를 요란하게 내며 오더니 마루에 걸터앉아 지껄여 댔다.

* 헌팅캡이라고도 부르는 챙이 짧고 덮개가 둥글넓적한 모양의 모자. 당시에 일본 경찰들이 즐겨 썼다.

“애비는 뒈졌는지 살았는지 모르는데 가솔들은 꾸역꾸역 잘도 처먹는군. 오도훈, 네 애비는 집에 안 왔냐?”

“아버지 본 지 삼 년도 넘었어요. 길에서 만나면 못 알아볼 지경이어요.”

도훈이 퉁명스레 대답하자 타케루가 코웃음을 쳤다.

“조센징들은 입만 열면 거짓말이야. 새꺄. 아무리 그래도 그렇지 길에서 애비 못 알아볼 정도면 그게 자식이냐? 후레자식이지?”

듣고만 있으려니 화가 솟구쳐 나도 한마디 했다.

“남의 집 귀한 자식더러 후레자식이라니요? 용건이나 말해요.”

타케루가 마당에 침을 찍 뱉더니만 내 종아리를 손가락으로 쿡쿡 찌르며 이죽거렸다.

“어쭈! 배꽃학당 다니는 모단 꺼루가 잔뜩 성이 났구먼. 왜, 실연이라도 당했냐? 근데 이년은 인사성이 통 없단 말이야. 어른이 왔는데 어디 마룻바닥에 앉아 쫑알거리지?”

“왜 이래욧! 왜 다리를 찔러요!”

“이년 앙칼진 것 좀 보게. 조센징 년들이 이러면 난 더 재미나더라.”

타케루가 능글능글 웃으며 내 종아리를 더 쿡쿡 찔러 댔다. 어머니가 하얗게 질린 얼굴로 내 앞을 가로막았다.

“아이고 고정하세요, 제가 잘 타이르겠으니 용건이나 말씀해 주시면…….”

타케루가 그제야 손가락을 거두고 위협적으로 말했다.

"이 집 애비 놈이 상해에서 들어왔다는 첩보가 입수됐다. 혹시라도 나타나면 반드시 자수시켜라. 독립운동이니, 나발이니, 헛짓거리하다가 서대문형무소 들어가면 뼈도 못 추리니까."

"혹시 오면 반드시 자수 시킬 테니 걱정 말고 가시지요."

어머니가 굽실굽실 대답했고, 타케루는 거들먹거리며 돌아갔다. 도훈이 대문을 탕 닫고 오더니 어두운 표정으로 말했다.

"1월에 이봉창 선생이 일왕에게 수류탄을 투척한 뒤 독립투사에 대한 일본 경찰의 감시가 심해졌다고 하더라고요. 아버지는 어디 계시는지, 설마 돌아가시진 않았겠지요."

어머니가 도훈을 가만가만 달랬다.

"잘 계실 거다. 이봉창 선생이며 너희 아버지 같은 독립투사들이 계시기에 우리 조선은 꼭 독립될 거고. 에미도 약첩 달여 먹고 불끈 일어나 다시 일할 테니 너희는 힘내서 열심히 공부하거라. 그래야 조선을 이끄는 일꾼이 되지."

분연한 마음이 들어 나도 한마디 거들었다.

"저도 어머니 말씀을 믿어요. 예. 조선은 반드시 독립합니다. 일본으로부터 해방됩니다. 어머니, 저 힘낼게요. 도훈아, 우리 힘내자."

도훈이 내게 눈을 마주치며 힘차게 고개를 끄덕였다.

액츄얼리, 아임 어 걸 프럼 더 퓨쳐

87%

5월 초의 경성은 날씨가 무척이나 화창하고 바람결도 보드라웠다. 코끝을 스치는 공기도 21세기에 비해 백 배는 맑고 깨끗하게 느껴졌다.

하지만 나는 아침 등굣길부터 마음이 무거웠다. 현지완에게 세 번째 영어 과외를 하러 가는 날인데 첫 수업 날 『로미오와 줄리엣』 원서를 읽을 때 잠깐 반응했던 녀석이 두 번째 수업 날에는 나를 완전히 투명 인간처럼 취급했기 때문이다. 어떤 전략을 세워야 할까 계속 생각했지만 뾰족한 수가 떠오르지 않았다.

학교에 가니 학우들이 삼삼오오 모여 교실이 시끌벅적하게 이야기하고 있었다. 무슨 얘기인가 궁금하던 참에 수지가 물었다.

"윤봉길이라는 청년이 어디서 뭘 했다는 거니?"

똘똘한 급장이 상세히도 설명했다.

"며칠 전 상해에 있는 어느 공원에서 일왕 생일을 맞아 일본군이 상해를 점령한 걸 기념하는 행사가 열렸대. 거기서 일왕을 죽이려고 폭탄을 던졌다네."

나는 깜짝 놀랐다. 그 유명한 윤봉길 의사의 의거일이 바로 며칠 전이었다니. 생생한 역사의 현장에서 숨 쉬고 있다는 사실이 새삼 체감되었다. 다만 그때 일왕은 그 현장에 없었는데 급장이 잘못 알고 있었다. 그렇다고 내가 알은체하기도 멋쩍고…….

다시 급장이 말했다.

"그래서 일왕은 안 죽었지만 일본군 사령관이 죽고 수뇌부가 많이 다쳤대."

"왜놈들 간이 콩알만 해졌겠네. 그럼 윤봉길 그분은 어떻게 되는 거니?"

다른 학우가 묻자 또 급장이 대답했다.

"거사를 치른 후 자살하려고 폭탄을 하나 더 준비했는데, 미처 터트리지 못하고 바로 일본군에게 잡혔대."

"어휴, 엄청 고생하시겠다. 일본 놈들이 오죽 악랄하니. 고문도 잔인하게 할 테고."

수지가 걱정을 하자 학우 한 명이 차가운 말투로 빈정거렸다.

"다 헛짓이야. 일왕을 죽인 것도 아니잖아. 설사 죽였대도 조선이 독립할 리 만무고. 독립이니 민족이니 다 무슨 소용이니?"

몇몇이 못마땅한 눈으로 그 학우를 쏘아보았다. 다행히 수업 시작종이 울리고 선생님이 와서 싸움으로 번지지는 않았지만.

¤

하교 후 학우들 중 사생은 기숙사로, 통학생은 집으로 각각 향했다. 나는 튜터 미션을 수행해야 하기에 현지완 집으로 갔다. (현지완한테 하는 영어 과외가 미션인지 경성챗봇에게 물어봤지만 질문은 전송조차 되지 않았다.)

지완 어머니는 외출해서 없고, 찬모 아주머니와 현지완만 집을 지키고 있었다. 그런데 녀석이 책상 앞에 마주 앉자마자 이러는 것이었다.

"윤봉길이라는 분 소식 배꽃학당에도 전해졌지? 학교에서 소식 듣고 나 진짜 감격했어. 그분이 던진 폭탄에 일본군 수뇌부가 죽고 다쳤다니 얼마나 후련하던지. 일경에 잡혔으니 고생 많이 하시겠지만. 그런 분이 있는 한 조선은 꼭 독립될 거라고 나는 생각해."

여태 본 것과는 달리 녀석의 눈에는 총기가 돌았다. 첫 수업 날 녀석이 했던 말이 떠올랐다.

'나라도 결딴난 마당에 일본어도 진절머리 나는데 영어까지 배워야 해? 모단 꺼루, 모던 뽀이, 모단 딴수처럼 모단만 붙이면 통하는 세상이라서? 영어로 생각하고 영어로 말하면 문명인입네 행세할 수 있어서? 차라리 룸펜이 되는 게 낫지.'

녀석이 〈빼앗긴 들에도 봄은 오는가〉를 필사했던 것도 생각났다. 공부는 하기 싫은데 합리적인 이유를 대기는 힘들고, 식민지 청소년의 비장 콘셉트로 코스프레하는 줄 알았는데 그게 아닌가? 오, 조선 독립에 대해 뭔가 뜻하는 바가 있나? 정녕 빼앗긴 들에 봄이 오지 않아 너무 가슴 아파서 공부를 안 했던 것인가? 혹시 조선이 독립한다는 희망을 불어넣어 주면 수업 태도는 물론이고 스승님을 대하는 자세가 공손해질지도. 아무튼 난 현지완을 가르치는 미션(인지는 정확히 모르지만 아무튼)을 성실히 수행해야 하는 몸. 중간에 잘리거나 아웃당하면 안 되는 몸이었다. 이 절호의 기회를 놓치면 안 된다는 생각이 들었다.

그래, 경성챗봇 찬스를 쓰자. 경성챗봇이 일제 강점기의 단 한 사람에게만 내가 미래에서 온 사실을 알려 줄 수 있다고 했잖아. 내가 미래에서 왔다는 걸 알리면서 현지완에게 희망을 주자. 조선이 일본으로부터 1945년에 해방된다는 걸 알려 주는 거야. 찬스를 너무 빨리 쓰는 것 같은 생각도 들었지만 얼른 미션을 완수하려면 어쩔 수 없었다. 나는 두뇌를 풀가동해 급히 영작을 했다. 그러고는 심호흡을 한 후 현지완에게 또박또박 말했다.

"아이 올쏘 허드, 미스터 윤봉길. 유아 라이트. 쏘, 아일 기브 유 호읖. 리쓴 캐어풀리. 조선 머스트 비컴 인디펜던트. 조선 윌 비 리버레이티드 후롬 저팬 온 어거스트 휘프틴쓰, 나인틴 훠어티화이브. 두 유 언더스탠드?"

현지완이 어리바리한 표정으로 고개를 저었다.

"노. 아이무 나또 언더스탠도. 미스따루 윤봉길 얘기 들었다는 말 말고는 전혀 못 알아듣겠어."

"알겠어. 칠판에 써 줄게."

나는 방금 얘기한 것을 칠판에 분필로 반듯반듯 쓰고는 녀석에게 읽어 보라고 했다.

I also heard about Mr. Yoon Bong-gil.

You're right. So, I'll give you hope.

Listen carefully.

Joseon must become independent.

Joseon will be liberated from Japan

on August 15, 1945.

현지완이 칠판을 응시하며 떠듬떠듬 문장을 읽어 내려갔다.

"아이 올쏘 헐드 어바우또 미스따루 윤봉길. 유얼 라이또. 쏘, 아일 기브 유 호뽀. 리스뜬느 깨어뿔리. 조썬 머스또 비컴므 인데펜덴또. 조선 윌 비 리버래테드 프롬므 자빤 온 어거스또 뻬프틴느, 나인틴느 훠티빠이보."

일본식 발음이 너무 우스웠지만 난 짝짝 박수를 보냈다. 녀석이 이토록 수업에 집중하고 호응하는 게 반가워서.

"우와, 잘 읽는데? 발음은 교정해야 하지만. 근데 무슨 뜻인지 알겠어?"

"나도 윤봉길 씨에 대해 들었다. 네 생각이 맞다, 나는 네게 희망을 주겠다. 그 다음 캐어뿔리는 모르겠는데?"

"캐어풀리. 정성껏, 잘, 이런 뜻이야. 그러니까 '리쓴 개이풀리'는 '잘 들어'라는 뜻. 그 다음도 해석해 봐."

"잘 들어라. 조선은 반드시 독립할 것이다. 조선은 자유로워질 것이다, 일본으로부터, 8월 15일, 1945년에?"

"와! 잘했어. 현지완. 너 영포자, 공포자 아니었구나?"

"영포자 공포자가 뭔데?"

"영어 포기자, 공부 포기자. 근데 이 문장 해석하는 거 보니까 완전 실력파인걸! 너, 나라가 결딴나서 공부 안 한다고 했잖아. 근데 조선은 1945년 8월 15일에 꼭 독립하거든. 그러니까 희망을 갖고 공부하라고. 영어든 다른 공부든."

현지완이 눈을 휘둥그레 떴다.

"로라, 네가 점쟁이야? 날짜까지 못 박아서 그걸 어떻게 확신해? 그런 말 함부로 하다가는 잡혀가."

정신이 번쩍 들었다. 맞아, 이 녀석 아버지가 총독부 고관인 걸 잊었네. 현지완이 내가 한 말 아버지한테 이르는 거 아냐? 그럼 나, 불령선인*이라고 종로서에 잡혀가게 되고?

오싹했지만 이미 내뱉은 말을 주워 담을 순 없는 일. 잘못 말했다고 둘러대기도 싫었다. 〈빼앗긴 들에도 봄은 오는가〉를 필

* 일제 강점기에 '불온하고 불량한 조선 사람'이라는 뜻으로 쓰인 말.

사했던 현지완을 믿고, 윤봉길 의사의 기사에 눈빛이 반짝였던 소년을 믿고, 나는 조금 전 생각대로 정체를 밝히기로 했다. 그래서 칠판에 분필로 쓰면서 또박또박 말했다.

"액추얼리, 아임 어 걸 프롬 더 퓨처. 아임 프럼 더 퓨처 월드. 잇스 나인틴 써리투, 버트 아임 어 코리안 걸 인 프롬 더 퉤니퍼스트 센트리."

Actually, I'm a girl from the future.

I'm from the future world.

It's 1932, but I'm a Korean girl from the 21st century.

KOREA=Republic of Korea=大韓民國=韓國

KOREAN=KOREA 사람=한국 사람, 한국인

동그란 안경테 속 현지완의 눈동자가 커다래졌다.

"뭐? 네가 미래에서 왔다고? 21세기에서 온 꼬리안누 거루라고?"

너무도 중요한 순간이기에 나는 최대한 친절하고 상세하게 설명했다.

"응. 코리안 걸. 코리안은 대한민국 사람이자 한국인, 코리아는 대한민국을 뜻하는데 줄여서 한국이라고도 하고 영어로 정식 명칭은 리퍼블릭 오브 코리아야."

"무슨 소리야? 대한민국 임시 정부에서 왔다는 거니?"

"임시 정부가 아니라 21세기 대한민국에서 왔다고. 대한민국은 조선이 1945년에 일본으로부터 독립한 후 1948년에 세운 공식 정부야."

현지완이 의자에서 벌떡 일어났다.

"너 배꽃학당 학생이잖아. 21세기에서 왔으면 어떻게 배꽃학당을 다녀? 말도 안 돼."

"그래, 말이 안 되지만, 세상에는 말이 안 되는 일이 일어나기도 해. 일본이 조선을 지배하는 것부터 말이 안 되는 일이잖아. 그리고 너 혹시 타임 슬립이라고 아니?"

"타임무 슬리뿌? 잠자는 시간?"

녀석이 칠판에 분필로 'time sleep'이라고 적었다. 나는 'sleep'을 분필로 쫙 긋고 그 아래에 이렇게 덧붙였다.

sleep=잠자다 / slip=미끄러지다

time slip=시간 여행 / traveler=여행자

I am a time traveler.

"믿기지 않겠지만 믿어 줘. 나 오로라가 시간 여행을 하는 타임 트래블러가 됐어. 내가 사는 21세기 대한민국에서는 네가 사는 이 시대를 '일제 강점기'라고 부르거든. 21세기에 살던 오로라가 일제 강점기로 타임 슬립 한 거지."

"일제 강점기? 일본 제국이 조선을 강제로 점령한 시기라는 뜻인가?"

"맞아, 퍼펙트!"

나는 내친김에 이곳에 온 과정을 현지완에게 설명했다. 모형 전차를 탔다가 일제 강점기 경성역에 내렸고 그 순간부터 일제 강점기의 오로라가 됐다는 것을. 하지만 현지완은 고개를 저었다.

"못 믿겠어. 네가 타임무 슬리뿌 했다는걸. 너는 그냥 이 시대의 배꽃학당 여학생, 딱 그 모습이라고. 영어는 유창하지만."

녀석이 믿지 못하는 것도 이해가 됐다. 사실 어떻게 믿겠나. 거의 일백 년 후의 세계에서 왔다는데. 그렇다면 다른 도리가 없었다. 증거물을 보여 주는 수밖에.

"증거가 있어. 보여 줄게. 그 전에 약속할 게 있어. 유 머스트 프로미스 미."

"뿌로미스? 약속?"

나는 다시 칠판에 'promise=약속, You must promise me.'라고 적었다.

"응. 무슨 약속을 해야 하냐면, 내가 미래에서 왔다는 걸 누구한테도 말하지 않겠다는 약속이야. 조선이 1945년 8월에 독립한다는 것도 다른 사람한테는 절대 말하면 안 돼. 그 얘기가 퍼지는 순간 일본 놈들이 나를 가만두겠어? 그러니 목숨 걸고 맹세해 줘."

그러면서 칠판에 아래와 같은 글을 덧붙여 썼다.

secret=비밀

It's a secret between you and me.

현지완이 잠시 생각하더니 고개를 끄덕끄덕하며 말했다.

"알겠어, 비밀. 씨끄리또. 잇쯔 어 씨끄리또 비튄 유 앤드 미."

그러면서 오른손 새끼손가락을 내밀었다.

"난 씨끄리또를 꼭 지키는 사람이야. 하늘에 맹세할게."

"진짜다! 그 약속 안 지키면 죽음이다! 이제부터 증거 개봉!"

나는 지완이 내민 손가락에 나의 새끼손가락을 걸며 거듭 다짐을 놓았다. 그러곤 책가방에서 스마트폰을 꺼냈다. 녀석의 눈이 휘둥그레졌다.

"어? 이거? 혹시 너 경성역 그 여학생?"

"빨리도 알아본다. 맞아. 내가 이곳에 와서 처음 만난 사람이 바로 너야. 네가 이거 건네면서 뭐라 그랬느냐면, '이거 떨어뜨렸소. 뭔지 신기하게 생겼네.' 이랬어. 기억나?"

"어, 기억나."

"대한민국에서 만든 거야. 남녀노소 할 것 없이 거의 다 갖고 있는 스마트폰이라는 거지. '덕률풍'*이라고 너희 집 거실에도 있

* '텔레폰'을 음역한 옛말. 서양 문물이 우리나라에 처음 전해졌을 때의 말이다.

던데 그게 발전한 형태란다."

"응, 덕률풍 있지. 수마또폰은 또 뭐야?"

"스마트폰은 '똑똑한 전화'라는 뜻이야. 전화선 없이도 언제 어디서나 들고 다니면서 통화할 수 있어서 핸드폰이라고도 해. 그뿐 아니야. 이걸로 별거 다 할 수 있어."

나는 스마트폰으로 포털 사이트와 유튜브를 검색해 경성역이 서울역으로 변화한 과정, 조선이 1945년 8월 15일 해방되던 날의 풍경, 현재의 대한민국 모습 등이 담긴 사진과 동영상을 보여 주었다. 21세기에서의 내 사진과 동영상, 학생증도 갤러리 앱에서 찾아 내밀었다. 지완이 충격을 받은 표정으로 말했다.

"꿈을 꾸는 것 같아. 하지만 믿겠어. 네가 미래에서 오지 않고서야 이런 걸 갖고 있을 리가 없잖아. 네가 영어가 유창한 이유도 알겠어."

나는 살짝 찔려서 솔직히 털어놓았다.

"믿어 줘서 고마워. 근데 나, 21세기에서는 영포자야. 21세기는 영어 잘하는 사람이 널렸고 나는 또래 중에서도 못하는 축이거든. 학교에서 영어 성적도 안 좋아. 여기에서나 잘한다는 소리를 듣지."

지완이 두 눈을 반짝거리며 말했다.

"로라가 21세기의 영포자이든 아니든 상관없어. 로라는 내게 희망을 준 사람이니까. 조선이 영영 독립 못 하고 일본 식민지로 살 거라고 생각했는데 1945년 8월 15일에 독립한다니까 너무 기빠. 1945년이면 내 나이 스물아홉이겠네. 나, 그때까지 뭐든 열심히 할 테야. 조선이 해방되는 그날을 위해 조선에 힘이 되는 사람이 되겠어."

가슴이 울컥했다. 식민지 시대를 암울하게 살아가던 소년에게 희망을 심어 주었다는 생각에. 이런 걸 내적 친밀감이라고 하던가? 서먹서먹하기만 했던 녀석과 비로소 하나로 이어진 느낌도 들었다. 모처럼 의욕 충만해진 녀석이 기특해 나는 좀 더 북돋워 주고 싶었다.

"그래, 뭐든 열심히 해. 조선은 꼭 독립하니까. 영어 공부도 열심히 해. 마린 쌤이 그랬는데 조선이 독립하는 데도 영어가 도움이 된대. 조선이 일본에게 핍박받는 상황이나 독립의 당위성을 세계만방에 알리려면 영어가 필요하니까."

"아, 정말 그렇겠네? 거기까진 생각 못 했는데. 영어를 배우는 게 그저 입시나 출세의 도구라고만 생각했는데. 알겠어. 영어 공부도 열심히 해야겠다."

그러더니 지완이 진지한 눈빛으로 폭풍 질문을 했다.

"21세기에서 왔으면 다시 거기로 돌아가? 여기서 영영 살아? 거기 가족이랑 친구는 어떡하고? 돌아간다면 언제 돌아가?"

대답하기 곤란해 나는 에둘러 말했다.

"언제인지는 모르지만 돌아가긴 해야지. 너를 비롯해 이곳의 가족이랑 친구도 소중하지만……."

"그렇구나. 알겠어."

지완이 고개를 끄덕끄덕했다. 뭔가 서운한 듯한 표정이었다.

곧 우리는 영어 공부를 시작했다. 내가 밤새워 준비해 온 교재도 있었지만 발음 교정을 해야 해서 지금까지 칠판에 빼곡히 써 놓은 영어 문장과 단어를 읽는 것으로 대신했다. 내가 먼저 읽고 지완이 따라 읽는 식이었다. 우리 말고 다른 사람이라곤 찬모 아주머니 밖에는 없고, 그 분이 영어를 알아들을 리도 없으니까 우리는 맘껏 힘차게 소리쳤다.

"아일 기브 유 호읖. 리쓰뜬느 캐어풀리. 조선 머스트 비컴므 인디펜던뜨. 조선 윌 비 리버레이티드 후롬 짜빤 언 어거스뜨 휘프틴쓰, 나인틴 훠어티화이브……."

희망이 생긴 덕분일까. 녀석의 목소리는 무척이나 힘 있고 우렁찼다. 영어 발음도 한결 나아졌다. 까칠 도도 깐깐하기만 하던 녀석의 달라진 모습이 나는 왠지 마음에 들었다.

수업이 끝나고 지완은 대문 앞까지 나와 나를 배웅해 주었다. 처음 있는 일이었다.

좋았어! 이렇게 내적 친밀감이 생겼으니 이제 영어 과외는 문제없는 거야! 지완에게 손을 흔들며 돌아서는데 뿌듯함으로 가슴이 벅차올랐다.

지완의 집을 벗어나 모퉁이를 막 돌아 나왔을 때였다. 책가방에서 스마트폰 진동이 울렸다. 얼른 꺼내 보니 알림톡이 도착해 있었다.

경성챗봇 알림톡 도착

- 고객명: 오로라
- 내용: 이미 고지한 바와 같이 그대는 미래에서 타이무 슬리쁘 한 사실을 현지완 군에게 알녓기에 더는 다른 사람에게 알녀서는 안 된다는 것을 다시금 알림.

ᔓᔕ

나는야 일제 강점기 스타일?

82%

영어 과외 네 번째 수업 일이 되었다. 이제 비로소 진짜 과외가 시작된 만큼 나는 정말 밤새워 성심껏 수업 준비를 했다. 어머니와 도훈 몰래 유튜브도 시청하고, EBS 온라인 강의도 들으며 지완에게 도움이 될 만한 맞춤형 수업을 말이다. 그러다 보니 학교 공부는 뒷전이고, 영어 과외가 본업이 되었다.

어차피 21세기로 돌아갈 몸, 학교 공부에 신경 쓸 필요는 없었다. 특별히 노력하지 않아도 일본어와 가사만 빼면 크게 어렵지는 않아 성적도 좋았으니까. 배꽃학당에 유학파와 원어민 쌤들이 많아 다른 학교에 비해 개방적이고 자유로운 환경인 것도 내게는 유리했다. 일본인 쌤도 다른 학교보다 적고, 일본어나 일본 역사 시간이 적은 것도 행운이었다. 더구나 영어에 대해서는 낯

뜨겁게도 '영어 천재 소녀' 자리를 놓치지 않고 계속 과분한 평가를 받았다. 작문, 해석, 회화, 다 그랬다. 21세기 영포자가 일제 강점기에서는 영천녀로 추앙받을 줄이야!

어머니도 차도를 보여 조금만 더 약을 먹고 관리를 잘하면 예전처럼 재봉 일도 시작할 수 있을 듯했다. 그전엔 어머니가 무슨 일을 하는지 자세히 몰랐는데 양장점에서 일감을 받아 와 집에서 재봉틀로 옷을 만드는 일이었다. 경성에는 모던 걸, 기생 등 멋쟁이들이 많아 양장점이 성업 중이고 어머니 솜씨가 좋아 일감도 끊이지 않았던 편이라고 한다. 공부가 인생의 전부가 아니라고 했건만, 도훈도 공부를 열심히 했다. 다만 아버지 소식은 여전히 들리지 않아 식구들의 걱정은 끊이질 않았다.

일제 강점기 스타일인지, 타임 슬립형 인간인지, 나는 이 시대에 나름 잘 적응하고 있었다. 그런 나 자신이 스스로 생각해도 신기했다. 그러는 사이 스마트폰 배터리 잔량은 82%를 기록하고 있었다. 타임 슬립 한 지 벌써 18일이 지난 것이다.

¤

"영어 문장 외우기, 단어 테스트, 모두 올백이네! 짜식, 열공했구나."

나는 채점을 마치고 짝짝 손뼉을 친 후 엄지척했다. 지완이 함박웃음을 지으며 되물었다.

"열공은 열심히 공부했다는 말이고, 올백은 전부 백 점이라는 뜻?"

"맞아. '올'은 영어, '백'은 한자로 일백 백이잖아. 여기서 퀴즈! '너는 백 점이다'를 영어로는 뭐라고 할까?"

"유 얼 올백. 하하."

"땡! '올백'은 영어가 아니잖아. 친절한 로라 쌤이 차근차근 가르쳐 주겠다. 우선, 영어로 점수를 뭐라고 하지?"

"점수? 스꼬아르?"

"스꼬아르 아니고 스코어. '유얼 스코어 이즈 원 헌드뤠드 포인츠', 이러면 돼."

나는 칠판에 'Your score is 100 points'라고 쓰고는 'score'에 밑줄을 쫙 그었다.

"근데 백 점을 다른 말로 만점이라고 하잖아. 만점은 완벽한 점수고. 그래서 백 점을 '퍼펙트 스코어', '너는 백 점이다'를 '유 가러 퍼펙트 스코어'라고 하지. 완벽한 점수를 얻었다는 뜻이야."

내가 칠판에 'You got a perfect score'라고 적으며 설명하자 지완이 감탄한 표정으로 손뼉을 쳤다.

"로라는 어쩌면 그렇게 영어를 잘하지? 우리 학교 다나까 선생은 로라 발끝도 못 따라 올 거야."

"아무렴. 괜히 미래 소녀 출신일까? 너 땡 잡은 줄 알아. 나 같은 일타강사를 이 시대에 어디서 만나겠니?"

"일타강사는 또 뭐야?"

"여기도 사설 강습소 있잖아. 21세기에서는 그런 곳을 학원이라고 하는데 거기서 가장 인기 있는 강사를 일타강사라고 해."

"아하, 일류 강사라는 뜻이구나."

"음, 그렇지."

난 어깨를 으쓱하며 일부러 우쭐우쭐 잘난 체를 했다. 사실 오늘 테스트에 대비해 점수에 대한 영어 단어와 문장을 미리 열심히 공부해 온 상태였다.

"그럼 일타강사님 따라 해 볼까, 당신은 백 점입니다. 유 가러 퍼펙트 스코얼."

"유 가러 퍼펙트 스코얼."

"원더풀! 그럼 지난번에 이어 뤄미오와 줄리엣을 읽어 보자. 지완 군, 챕터 원을 이어서 읽고 해석해 보게나. 예습해 오라고 했는데 잘하는지 보겠노라."

"예썰! 아일 스딸트 나우."

내가 만들어 준 영문본 공책을 펴 들고 지완이『로미오와 줄리엣』원문을 읽기 시작했다.

"매니 한드썸무 영 맨 앤드 비유띠풀루 꺼루즈 어탠디두 더 파루띠. 디 영 맨 웬투 투 더 까풀리또 하우스 투 엔조이 딴싱 위드 더 비유띠풀루 꺼루즈. 노미오 워즈 어몽으 뎀……."

handsome을 한드썸무, party를 파루띠, dancing을 딴싱, Romio를 노미오라고 하는 등 발음이 시원찮았지만, 나는 너그러운 마음으로 그냥 쭉 들어 주었다. 이제 비로소 열공하려는 의지가 생겼는데 기를 죽여서는 안 되니까. 발음이야 조금씩 교정해 가면 되니까. 그렇게 한참 영어 원서를 읽고 있는데 지완 어머니가 빵과 음료수, 과일이 담긴 쟁반을 갖고 들어왔다.

"아이고, 영어 읽는 소리가 집안에 쩌렁쩌렁하네. 양과자랑 라무네 좀 먹으면서 해요."

라무네가 뭔가 했는데, 레모네이드였다. 나는 쟁반을 받아 들며 공손히 인사했다.

"잘 먹겠습니다. 근데 간식은 안 주셔도 되어요."

"그건 아니지. 둘 다 얼마나 먹성이 좋을 때여? 공부하느라 몸 축나면 안 되니까 뭐든 많이 먹어야지."

"예. 알겠습니다. 감사합니다."

"지완이가 요새 영어 공부에 완전히 취미를 붙였어. 틈만 나면 혼자서 쏼라쏼라하고. 영어뿐 아녀. 다른 공부도 열심히 하더라고. 이게 다 로라 선생 덕분이지 뭐겠어."

"어머니는 왜 쓸데없는 얘기를 하고 그래요? 얼른 나가셔요."

지완이 얼굴을 붉히며 어머니 등을 떠밀었다. 듣던 중 반가운 소리라 나는 슬쩍 농담을 했다.

"다행입니다. 첫날 저한테 얼마나 쌀쌀맞게 굴던지, 저 금방 잘리는 줄 알았어요."

"에구. 둘째 날끼지도 그랬지? 근데 로라 선생은 지완이의 영원한 영어 선생님이여. 오래오래 계속 해 줘. 알겠지?"

"예. 믿어 주시는 만큼 열심히 하겠습니다."

"참, 근방에 청요리 잘하는 집이 있거든. 자장면하고 탕수육 시켜 줄 테니 저녁 먹고 가. 아님 화신백화점*에 가서 돈부리나 돈가스 먹어도 되고. 단골집이 있거든."

"아녜요. 어머니가 기다리셔요. 말씀은 고맙지만 집에 가서 먹겠습니다."

"아이고 볼수록 참하다니까. 잠깐만 기다려요."

지완 어머니가 방을 나가더니 뭔가를 한 아름 들고 왔다.

"그럼 이거나 이따 갖고 가. 초꼬레트랑 박가분**이여. 박가분은 두 개 넣었으니 하나는 로라 선생이 쓰고 하나는 어머니 드려."

"어머나. 이 귀한 것을요? 예. 감사히 잘 먹고, 박가분도 어머니께 잘 전하겠습니다."

"그려, 로라 선생이 예뻐서 뭐든 퍼 주고 싶네."

지완 어머니가 흡족해하며 공부방을 나갔다. 나는 슬며시 지완에게 확인했다.

"어머님 말씀 정말이야? 진짜 영어며 공부에 취미 붙였어?"

지완이 머리를 긁적거렸다.

"응. 요새 영어 공부가 재미있네. 다른 공부도 그렇고."

나는 지완의 머리를 손으로 마구 흐트러뜨렸다.

"기특해라. 수제자로 인정! 가르치는 보람이 뿜뿜하네."

* 1931년 서울 종로에 세워진 우리나라 최초의 근대식 백화점.

** 일제 강점기에 크게 유행한 화장품의 일종인 백분.

지완이 얼굴을 붉히며 달달한 눈웃음을 지었다.

그러는 사이 어느덧 수업 시간이 끝났다. 나는 칠판에 큼직한 글씨로 숙제를 냈다.

Today's homework & Next class guide

1. R&J ch3. reading and interpreting

2. R&J ch3. learning new words

3. Next class

1)R&J ch3. word & sentence test

2)Pronunciation correction

지완이 손을 번쩍 들고 물었다.

"얼앤제이, 씨에치 쓰리는 뭐지?"

나는 눈을 흘기며 타박을 놓았다.

"그것도 몰라? 뤄미오 앤 줄리엣, 챕터 쓰리."

"오케이. 제3장, 그런 뜻이구나."

지완이 고개를 끄덕이며 해맑게 웃었다.

모던 시크 걸 납시오!

50%

어느덧 초여름, 6월 초가 되었다. 교정의 나무들은 하루가 다르게 초록으로 무성해지고, 하얀 모자와 양산으로 멋을 부린 남녀가 여름 거리를 활보했다.

모처럼 토요일 오후에 지완과 야외 수업을 하기로 해서 나도 초록색 반팔 원피스에 흰색 구두로 한껏 멋을 부리고 양산까지 쓴 채 혼마치* 어귀로 나갔다. 원피스는 기력을 거의 회복한 어머니가 손수 만들어 줬고, 구두와 양산은 숙제를 도와줘서 고맙다며 수지가 선물한 것이었다.

혼마치는 일제 강점기의 상징적인 거리를 보여 주고 싶다며 지

* 현재의 충무로2가 일대로, 당시에 일본식 상점이 즐비했던 번화가였다.

완이 택한 곳이었다. 약속 시간인 오후 4시에 딱 맞춰 도착했는데 곳곳에 청년과 남학생이 서 있기는 해도 지완은 보이지 않았다. 감히 스승을 기다리게 해? 오기만 해 봐, 군기 빡 세게 잡을 테니까. 속으로 괘씸죄를 마구 때리고 있는데 위아래로 하얀 양복을 빼입고 챙 넓은 하얀 모자에 백구두까지 신은 청년이 오더니 코앞에서 모자 챙을 휙 들어 올렸다. 너무 놀라 간이 떨어지는 줄 알았는데 현지완이었다. 아까부터 모자를 푹 눌러쓴 청년이 저만치 서 있었는데 설마 녀석이었을 줄이야.

"깜짝 놀랐잖아. 옷차림은 또 뭐야?"

내가 타박을 놓자 지완이 반달 눈웃음을 지으며 대답했다.

"야외 수업이라 모던 보이 흉내 좀 내 봤지. 근데 로라도 여간 아니구먼. 드레스랑 구두, 양산, 다 잘 어울려. 멋있어. 최고의 빠숀 거루야."

"됐거든. 그리고 빠숀 거루 아니고 패션 걸이고, 냉큼 혼마치나 안내해."

우리는 곧 혼마치 거리로 들어섰다. 처음 와 본 혼마치는 충격 그 자체였다. 여기가 조선인지, 일본인지 헷갈릴 정도로 일본색으로 가득했으니까. 2층짜리 서양식 건물과 일본식 가옥이 혼재된 혼마치에는 백화점, 호텔, 극장, 가구점, 양과자점, 우동집, 빙수 가게, 책방, 찻집 등 없는 게 없고 간판도 죄다 일본어로 돼 있었다.

거리를 오가는 사람들도 경성의 다른 곳에서 만나는 이들과는 차원이 달랐다. 일단 기모노와 유카타 등 화려한 일본 전통 옷차림을 한 사람이 많았고, 신식 양복과 양장으로 멋을 낸 사람들로 넘쳐 났다. 스모 선수처럼 훈도시만 찬 채 어슬렁거리는 무리까지 있었다. 혼마치를 왜 '경성의 긴자*'라고 하는지 이해가 갔다.

"씁쓸하네. 조선이 아니고 일본 같아."

내가 한숨을 내쉬자 지완이 영어로 대답했다.

"댓츠 롸이또. 돈츄 필 라이크 유얼 온 더 스뜨리또 오부 도꾜?"

난 두 팔을 허리에 척 얹고 녀석의 발음을 교정해 주었다.

"맞아. 도쿄 거리에 와 있는 거 같아. 근데 롸이또 아니고 롸이트! 스뜨리또 아니고 스트리트! 세이 잇 어게인."

지완이 금세 발음을 고쳐 말했다.

"롸이트, 돈츄 필 라이크 유얼 온 더 스트리트 오브 도쿄?"

아직도 일본식 발음이 툭툭 튀어나오지만 교정해 주면 금방 알아듣고 제대로 발음하려 노력하는 녀석이 참 대견하고 예뻤다. 그런데 문득 지완이 심각한 표정을 지었다.

"로라한테 구경시켜 주려고 왔지만 혼마치 올 때마다 마음이 안 좋아. 조선이 일본의 식민지라는 걸 다시 한번 깨닫게 되거든. 그래서 나도 자주 오지는 않는데 독립에 대한 염원을 다지기엔

* 일본 도쿄 중앙부에 있는 번화가.

이만큼 좋은 장소도 없어. 분노 유발 거리라서."

나도 녀석의 마음을 알 것 같았다. 혼마치는 내게도 분노를 유발하기에 충분했으니까.

우리는 혼마치 거리를 여기저기 둘러보았다. 박래품*을 파는 가게도 많고, 레코드 가게에서는 아예 일본 노래가 흘러나오고 있었다.

바로 그때 맞은편에서 속이 비쳐 보이는 하늘색 원피스를 입고 빨간 하이힐을 신은 소녀가 기모노 차림을 한 소녀들과 재잘거리며 걸어왔다. 수지한테 듣기로 경성에서 개봉된 『몽 파리(Mont Paris)』라는 서양 영화에서 배우가 입은 원피스가 모던 걸 사이에서 대유행이라더니 사실이었다. 그런데 하늘색 원피스가 우리 쪽으로 오더니 지완에게 일본 말로 알은체를 했다.

"지완! 혼마치에 웬일이야? 옆은 누구? 여동생?"

지완은 놀라지도 않고 덤덤하게 대답했다.

"아, 스미레. 혼마치 구경 왔어. 이쪽은 내 걸프렌드."

미처 못 알아봤는데 과외 첫날 지완네 집으로 가는 골목길에서 보았던 여학생이었다. 그런데 스미레가 미심쩍은 표정으로 물었다.

"가아루후렌도? 여동생 아니고?"

"응, 배꽃학당 다니는 동급생이야. 니 여동생 없잖아."

* 다른 나라에서 들어온 물건을 뜻함.

"그래? 난 친구들하고 샤뻥 좀 해야 해서. 이만 가 볼게."

스미레가 얼굴이 벌게진 채 친구들을 이끌고 허둥지둥 가 버렸다. 묻지도 않았는데 지완이 말했다.

"골치 아픈 애야. 아버지가 하도 부탁해서 내가 스미레 남매한테 조선말을 가르쳐 줬거든. 근데 스미레가 나를 일방적으로 좋아하고 집착해서 속 좀 썩였어. 아직도 그렇고. 로라, 오해 말라고 하는 얘기야. 혹시 내가 보산고보 대표 푸레에뽀오이라는 말 못 들었어?"

"푸레에뽀오이? 그게 뭔데?"

"스펠링 이즈 피, 엘, 에이, 와이, 비, 오, 와이."

"아, 플레이보이?"

"응. 그 말 들었어, 못 들었어?"

"왜 못 들었겠어. 우리 학교뿐 아니라 경성 바닥에 소문 자자하더라. 보산고보 현지완, 플레이보이 중의 플레이보이라고. 내가 경성역에 도착한 그 순간, 두 번째로 들은 말이 바로 그거였거든. 수지가 알려 줬지."

"그건 진짜 오해야. 난 스미레한테 조선말만 가르쳐 줬을 뿐인데 걔가 우리 학교까지 찾아와 난리를 피워서 헛소문이 퍼진 거라고. 물론 나를 흠모하는 여학생은 경성 바닥에 엄청나다더라. 배꽃학당에도 꽤 있을걸? 이놈의 인기라니."

"리얼리? 그래 뭐 믿어 줄게."

내가 새침하게 대답하자 지완이 다시 힘주어 말했다.

"진짜야. 믿어 줘야 해. 난 진짜 억울하다고."

지완이 하얀 이를 드러내며 환하게 웃었다. 순간, 세상에 태어나 처음 설렘을 느꼈다. 사실은 녀석이 스미레에게 나를 '걸프렌드'라고 했을 때부터 그랬다. 난 일부러 발걸음을 빨리 했다. 붉어진 내 얼굴과 쿵쿵 심장 뛰는 소리를 들키면 안 되니까. 몇 걸음 걷지 않아 지완이 나를 불러 세웠다.

"로라, 우리 끽다점에 가서 가루피스나 한잔하고 가자."

"끽다점? 그게 뭐야? 가루피스는 또 뭐고?"

"끽다점은 가배*, 커피 파는 곳. 근처에 유명한 데가 있거든. 내로라하는 모더니스트 예술가들 아지트래. 나도 안 가 봤는데 로라랑 가 보고 싶어. 여기서 멀지 않아."

"경성의 핫플 카페구나. 그럼 가루피스는?"

"영어로 씨, 에이, 엘, 피, 아이, 에스. 우유가 들어간 시큼한 음료야. 끽다점 인기 메뉴지."

"칼피스를 말하는 거구나. 오케이, 가 볼래."

이번엔 지완이 물었다.

"핫플 카페는 뭐야?"

"아, 핫플은 핫 플레이스의 줄임말. 인기 명소, 한창 뜨는 곳, 그런 뜻이고 카페는 끽다점을 뜻하는 영어야."

"아하, 그럼 끽다점이 핫플 카페 맞아. 얼른 가 보자."

* '커피'를 소리 나는 대로 한자로 표현한 음역어.

"참, 우리 같은 학생도 가도 돼? 걸리는 거 아냐?"

"규율 쌤들이 가끔 뜨긴 하지만 주로 평일 밤에 나오니까 지금은 괜찮아."

우리는 혼마치에서 10분 정도 거리에 있는 끽다점으로 향했다. 2층짜리 서양식 건물 1층에 있는 카페였는데 입구에 커다란 나무 화분이 있고 열린 문으로는 재즈 음악이 흘러나왔다. 안으로 들어서자 자욱한 담배 연기와 음악이 흐르는 가운데 벽에 걸린 베토벤이며 슈베르트 같은 예술가 사진이 눈에 들어왔다. 라무네, 아이스크리무, 삐루, 푸르스펀취, 밀크세키 같은 메뉴가 적힌 메뉴판도 보였다.

테이블을 차지한 손님들 대부분은 예술가 스타일이었는데 술과 음료를 마시며 담배를 피우거나 진지하게 토론 같은 걸 하는 모습이었다. 손님들에게 커피며 홍차, 토스트, 음료를 나르는 여직원들은 양장이거나 기모노 차림이었다.

낯선 풍경을 신기해하며 카페 안으로 들어갔을 때였다. 한구석에서 갑자기 큰소리가 났다. 파란 눈의 서양 청년과 동양 청년이 보디랭귀지를 하며 옥신각신 싸우고 있었다. 지완이 내 팔을 잡아끌었다.

"시비가 붙었나 봐. 나가자."

"응, 그러자."

시끄러운 것은 딱 질색이라 지완을 따라 막 문을 나서려는 때였다. 서양 청년이 동양 청년의 멱살을 잡은 채 소리쳤다.

"유 픽포켓티드 마이 월렛, 롸잇? 와이 디쥬 두 유 댓?"*

멱살 잡힌 동양 청년이 서양 청년의 손을 치며 씩씩거렸다.

"이 자식 뭐라는 거야. 조선에 왔으면 조선말을 해야지, 왜 영어로 씨부렁거려? 영어 알아듣는 분 없어요? 누가 통역 좀 해 줘요."

일본인인가 했는데 우리말을 하는 걸 보니 조선인이었다. 오지랖 같았지만 영어를 알아들은 이상 그냥 지나치기 어려웠다. 이래 봬도 내 인생철학 중 하나가 휴머니즘을 실천하며 사는 것이거든.

"그쪽이 지갑을 소매치기했다는데요?"

내가 조선 청년에게 말하자 지완이 얼른 내 손을 잡았다.

"뭐해, 끼어들지 마. 가자."

"그냥 가기 그렇잖아. 내가 다 알아듣는데. 잠깐 있어 봐."

나는 지완의 손을 뿌리치고 두 청년 가까이 갔다.

"내가 무슨 소매치기를 해. 절대 안 했어. 생사람 잡지 말라고 말해 줘요."

조선 청년이 내게 부탁했다. 앗, '생사람 잡지 말라'를 뭐라고 하지? Don't catch people alive라고 할 수도 없고……. '우기다, 주장하다'라는 뜻의 'insistent'가 생각났다.

"히 네버 디드 댓. 돈트 비 소 인시스턴트!"**

* You pickpocketed my wallet, right? Why did you do that?

** He never did that. Don't be so insistent.

내가 말했지만 서양 청년은 계속 조선 청년을 소매치기로 몰아붙였다. 조선 청년이 가슴을 퍽퍽 치며 목청을 높였다.

"아니라고! 난 네 놈 바로 옆자리에서 친구들하고 얘기하고 있었다고!"

하지만 서로 의견이 팽팽해 결론이 나지 않았다. 그때 뒤쪽에 앉아 있던 교복 차림의 남학생이 소리쳤다.

"이거 아녜요? 여기 지갑이 떨어져 있는데?"

남학생 손에는 고동색 가죽 지갑이 들려 있었다. 내가 남학생의 말을 영어로 옮기자, 서양 청년이 자기 게 맞다며 지갑을 받아 왔다. 그러고는 조선 청년과 내게로 와서 사과했다. 화장실 다녀오다가 떨어뜨린 모양이다, 오해해서 미안하다, 사과의 뜻으로 커피를 사겠다, 그런 얘기였다. 다행히 조선 청년은 서양 청년의 사과를 받아 주었다. 나는 손을 내저으며 커피는 사양했다. 그럼에도 서양 청년은 굳이 내 커피값을 카운터에서 계산하고는 일행과 함께 끽다점을 나갔다.

커피는 지완이 마시고 나는 칼피스를 시켜 먹고 있을 때였다. 서양 청년의 지갑을 주워 주었던 남학생이 오더니 지완에게 알은체했다.

"현지완! 여기서 만나네! 옆에 분은 누구? 영어 솜씨가 여간 아니시던데?"

지완도 남학생을 반가워했다.

"1반 조한섭! 반갑네. 여기는 내 영어 선생님. 배꽃학당 3학년."

"오, 배꽃학당 다니시는군요. 보산고보 조한섭이라고 합니다. 영어 실력 원더뿔이십니다."

조한섭이 인사하며 엄지척을 했다.

"네, 처음 뵙겠습니다. 오로라라고 합니다."

"오늘 대활약하시는 모습에 큰 감명을 받았습니다. 모던 걸은 시크하고 지성미가 있어야 하는데 오로라 양은 시크와 지성미에 원더뿔 영어 실력까지!"

"과찬이세요."

"누가 봐도 원더뿔이에요. 지완아, 나는 이만 가 봐야 해서, 내일 학교에서 보자."

조한섭이 일행과 함께 카페를 나갔다. 지완이 커피를 한 모금 마시더니 굳은 표정으로 말했다.

"근데 로라, 위험한 짓 한 거 알아? 잘 해결돼서 다행이지, 안 그랬으면 어쩔 뻔했어?"

"그냥 지나치기 어려웠어. 덕분에 잘 해결됐잖아."

"그렇긴 하지만 아무 데서나 나서지 마. 로라가 위험해지는 거 싫다고. 나는 로라를 지켜야 한다고."

응? 이게 무슨 말? 제까짓 게 내 보디가드라도 되나?

"지완이가 왜 나를 지켜? 나는 내가 지키니까 걱정 마."

말은 이렇게 했어도 이상하게 가슴이 콩다콩다 뛰었다.

모여 모여! 경성잉글리시클럽

45%

며칠 후, 영어 과외를 끝내고 책가방을 챙길 때였다. 지완이 내 눈치를 살피며 말했다.

"내 친구들이 로라한테 영어 과외를 받고 싶어 하는데 못 하겠지? 안 하겠지?"

"친구들이 나한테 영어 과외를? 왜?"

내가 의아해하자 지완이 설명했다.

"끽다점에서 만났던 조한섭이라고 알지? 그 친구가 학교에 로라 소문을 쫙 퍼뜨렸어. 그래서 그 녀석이 1순위고, 나하고 제일 친한 강태준이라는 친구를 비롯해 서너 명 정도가 로라한테 영어를 배우고 싶다네. 근데 걔네들은 우리 집만큼은 과외비를 못 주거든. 그래서 주 1회 하고 싶다는데 로라한테 물어나 봐 달래서 말하는 거야."

일단 기분은 좋았다. 하지만 영어 과외를 더 늘리고 싶지는 않았다. 사실 알량한 영어 실력으로 지완 한 명을 가르치는 것만으로도 벅찼다. 성적을 신경 쓰지는 않아도 학교는 다녀야 하는데 다른 과외까지 할 만한 여유는 없었다. 게다가 언젠가는 미션을 완수하고 21세기로 돌아가야 한다. 너무 크게 일을 벌였다가는 수습하기 힘들다.

"제자는 수제자 현지완 하나로 충분해. 과외비가 문제가 아니라 시간이 없어."

지완의 얼굴이 환해졌다.

"다행이다. 난 또 오지랖 오로라가 친구들 다 과외 해 준다고 할까 봐 걱정했지."

"걱정은. 암튼 그렇게 전해."

나는 책가방을 챙겨 들고 홀가분한 마음으로 지완의 집을 나섰다.

¤

며칠 후 일이 더 커지고 말았다. 과외를 하러 갔더니 지완이 이러는 것이었다.

"내가 로라 말을 전했는데 난리가 났어. 친구들한테 엄청 공격당했다니까. 다나까 선생 때문에 영포자 되기 직전인데 잉글리시 일타강사를 왜 혼자만 독점하느냐, 부잣집 아들이라고 돈다발 뿌려서 일타강사 전세 냈냐? 막 이러면서. 어떡하지?”

휴머니즘 못지않게 세계 평화를 추구하는 사람으로서 심히 걱정이 되었다. AI나 로봇 티쳐에게 지완 친구들을 맡기면 좋으련만 그럴 수도 없고. 하지만 어쩌겠나. 내 인생철학 중의 또 한 가지가 ‘NO’라고 말해야 할 때 눈치 보지 않고 ‘NO’라고 말하는 것이니……. 그래서 어쩔 수 없어, 안 돼, 라고 통보하려는 순간 한 가지 생각이 번개처럼 머리를 파파팍 스쳤다. 그것은 나의 최대 아킬레스건, 바로바로 미션.

앗, 혹시 내 미션이 현지완 한 명을 넘어 영어 때문에 고통받는 보산고보 남학생 전체를 구하는 것인가? 일명 ‘영포자 보산고보생들 구하기?’ 헉! 그럴 수도 있겠다는 생각이 들었다. 사실 나는 아직 내 미션이 뭔지 정확하게 파악하지 못한 상태였다. 배터리도 이제 45% 밖에는 남지 않았는데. (경성챗봇은 자기가 필요할 때만 알림톡을 보내고, 내가 뭘 물어봐도 전송조차 되지 않기에 나도 아예 질문이란 걸 하지 않았다.)

문득 ‘그룹 과외’가 생각났다. 어차피 지완 친구들은 과외비를 두둑이 줄 수 없다고도 했고, 과외 횟수도 주 1회면 충분하다고 했다. 그러니까 지완은 독과외, 친구들은 그룹 과외를 하면 되지 않겠나. 아무리 바빠도 주 1회 한 시간 정도는 낼 수 있으니까. 이게 미션이고, 완수해야 21세기로 돌아갈 수 있다면 밤잠, 새벽잠을 줄이는 것은 물론이고 쪽잠에 쪽쪽잠을 자더라도 그룹 과외를 하리라! 나는 지완에게 중대 발표를 했다.

"휴머니즘과 세계 평화 추구 정신을 발휘해 친구들을 구제해 주겠다. 일명 '보산 영포자 구하기!' 나한테 영어 과외 받기를 희망하는 친구들을 모아 줘. 주 1회 그룹 과외를 할게. 그리고 휴머니즘 정신을 발휘하는 김에 프리 클래스, 프리 코스로 진행하겠다!"

지완이 고개를 갸웃했다.

"그룹 과외가 뭐야? 프리 클래스, 프리 코스는?"

"뭐긴. 수준 비슷한 애들을 그룹으로 모아 놓고 가르치는 거지. 프리 클래스, 프리 코스는 공짜 강좌라는 뜻이고. 너한테 받는 과외비만으로도 충분해."

"진짜? 녀석들 신났군. 솔직히 나 혼자만 로라를 알고 싶고 친구들한테는 안 보여 주고 싶었는데. 그냥 못 한다고 해도 돼."

"안 돼. 21세기 미래 소녀 출신으로 일제 강점기 동포 학생들을 모두 구제해 줘야지. 현지완만 구제하면 되겠어?"

"휴우. 알겠어. 근데 그룹이 구락부하고 같은 건가? 구락부는 클럽인데 헷갈리네."

"그게 무슨 도깨비 잠꼬대 같은 소리야? 구락부는 또 뭐야?"

지완이 친절하게 설명했다.

"뜻 맞는 사람들의 모임을 구락부라고 해. 영어로 'club'을 일본어로 '쿠라부'라고 하는데 그걸 한자로 음역한 거지. '구락부'라는 말이 얼마나 유행인지, 끽다점이나 술집 이름에도 툭하면

'구락부'를 갖다 붙일 정도야."

오, 그럼 그룹 과외라고 하지 말고 구락부라고 할까? 어차피 무류 과외니까 영어를 함께 공부하는 모임이라는 의미에서 '잉글리시구락부'라고 해도 좋을 것 같았다. 나도 지완을 가르치면서 얻는 게 많은데 일제 강점기 또래 친구들과 영어 공부를 하면 재미도 있고 역사 인식도 높일 수 있을 테니.

그런데 다시 생각하니 '구락부'가 일본식 음역어라면 피하는 게 좋을 것 같았다. 일본식 영어를 고치려고 만드는 모임이니까.

"그럼 함께 영어 공부를 하는 모임이라는 뜻에서 '경성잉글리시클럽'이라고 하면 어때? '구락부'는 일본식 음역어니까."

지완이 반색하며 찬성했다.

"오, 좋은데? 구락부보다 클럽이 좋다. 잉글리시클럽에 나도 끼워 주는 거지?"

"넌 독과외하는데 거기까지 낄 필요 없지. 지완이 넌 빠지는 게 맞아."

"그게 말이 돼? 그 클럽이 누구 덕에 생기는데? 그리고 나 없이 로라가 친구들 만나는 거 싫다고!"

이 반응의 깊은 뜻은 뭐지? 질투인가?

"뭐가 네 덕이야? 미래 소녀 일타강사 오로라 덕이지. 그러니까 넌 아웃."

내가 바짝 약을 올리자 지완이 고집을 부렸다.

"흠, 그렇게 나온다? 그럼 친구들한테 전할게. 오로라 왈, 제자는 현지완 하나로 충분하다 했다고. 어차피 나를 통하지 않고는 로라하고 내 친구들이 다이렉또로 콘딱또 되기는 힘드니 이 얘기는 없던 걸로. 끝!"

그런데 이미 내 마음엔 경성잉글리시클럽을 결성하고 싶은 간절함이 너무나 컸다. 보산고보 남학생들한테 관심이 있는 건 절대 아니고, 이게 미션일 수도 있다는 생각 때문이었다. 지완을 배제한 채 잉글리시클럽을 운영하는 것도 무리일 것 같았다. 현지완 한 명과 내적 친밀감을 형성하는 데도 시간이 많이 걸렸는데 보산고보생들을 단체로 상대하기란 만만치 않을 테니까.

"좋아. 그럼 지완이도 잉글리시클럽에 합류해. 그게 좋겠어."

못 이기는 척 내가 말하자 지완은 뛸 듯이 기뻐했다. 나도 지완과 더불어 새로운 일을 하게 된다는 생각에 가슴이 벅차올랐다. 비록 이것이 미션일지라도.

¤

경성잉글리시클럽은 인기 대폭발이었다. 처음에는 조한섭과 강태준을 중심으로 회원을 모았는데 그 친구들의 친구들, 또 그 친구들까지 꼬리에 꼬리를 물고 늘어난 까닭이었다.

수지도 소식을 듣고는 잉글리시클럽에 가입하겠다며 방방 떴다. 수지가 합류하니 자연스레 우리 학교 학우들도 여럿 가입했다. 결국 경성잉글리시클럽은 지완이 회장, 내가 부회장이 되어 회원 수가 50명에 이르는 보산-배꽃 학생들의 영어 공부 클럽이 되었다. 그뿐 아니라 클럽에 들어오고자 하는 희망자도 100명에 달할 정도였지만 당장은 회원을 받지 않기로 결정했다. 스터디 장소는 처음엔 경성 변두리의 교회를 이용했다. 하지만 얼마 후엔 마린 쌤이 알아봐 준 덕분에 종로의 기독청년회관(YMCA) 강의실을 빌려 쓸 수 있게 되었다. 우리는 매주 토요일 오후 3시 청년회관에 모여 함께 머리를 맞대고 영어 공부를 했다.

경성잉글리시클럽 모임이 5회째에 접어든 날이었다. 7월 한여름인 데다 영어 실력을 레벨 업 하려는 학생들의 열기로 청년회관 강의실은 완전히 후끈했다. 나는 여느 날처럼 30분 일찍 도착해 칠판 맨 위에 분필로 'Escape! Conversations for English Beginners-Gyeongseong English Club'이라는 영어부터 큼지막하게 썼다. 그 바로 아래에 작은 글씨로 '탈출! 왕초보 영어 회화-경성잉글리시클럽'이라고 적는 것도 잊지 않았다. 그때 누군가 강의실로 들어섰다. 끈 달린 카메라를 목에 걸고 조그만 수첩을 손에 든 젊은 남자였다. 남자는 칠판을 쓱 보더니 성큼성큼 걸어 들어와 인사를 하고는 물었다.

"배꽃학당 오로라 양 맞지요?"

"네. 맞는데요? 누구시지요?"

"한성데일리 기자입니다. 경성잉글리시클럽과 로라 양에 대한 소문이 자자해서 찾아왔어요. 오늘 공부하는 모습 취재 좀 해도 되지요?"

이렇게까지 널리 알려질 일인가 싶어서 나는 당황스러웠다. 자칫 너무 유명해지면 신분이 탄로 나 위험해질 수도 있으니.

"관심은 고맙지만 신문에 나올 정도 아니에요. 취재는 원치 않으니 죄송하지만 돌아가시지요."

내가 의사를 밝혔지만 기자는 선뜻 물러서지 않았다.

"충분히 대서특필할 기삿거리입니다. 학생들이 잉글리시클럽을 만들어서 영어 공부 한다는 게 보통 일인가요? 더구나 로라 양 영어 솜씨가 본토박이 빰칠 정도라고 들었는데."

"어휴, 절대 그 정도 아니에요. 취재는 정중히 사양하겠습니다."

그때 수지와 지완, 태준이 우르르 들어와 내게 "무슨 일? 이분은 누구시고?" 하며 물었다. 내가 대답할 새도 없이 기자가 먼저 알은체했다.

"경성잉글리시클럽 학생들이군요. 한성데일리 기자입니다. 이 클럽이 아주 훌륭하다고 소문이 자자해서 취재 좀 하러 왔는데 로라 양이 사양을 하네요."

수지가 내 옆구리를 찔렀다.

"어머 로라야. 왜 승낙을 안 해? 기자님, 얼마든지 취재하세요. 경성잉글리시클럽은 오로라만의 클럽이 아닙니다. 물론 로라 덕분에 생겼고 로라의 역할이 크지만, 회원들이 함께 운영하는 곳이니까요."

태준까지 수지 편을 들었다.

“그래, 일부러 오셨는데 헛걸음하시게 하면 안 되지. 취재하시라고 하자.”

나는 한발 물러설 수밖에 없었다.

“그럼 회원들이 다 오면 거수로 투표해서 결정하죠. 과반수가 찬성하면 취재하실 수 있도록요. 어때요?”

수지와 지완, 태준도 그게 좋겠다며 동의했다. 잠시 후 회원 전원이 출석해 투표했다. 50명 중 45명이 취재에 찬성했다. 어쩔 수 없었다. 그리고 뭐 영어를 잘하는 게 죄는 아니잖아! 나는 호쾌하게 소리쳤다.

“취재를 허락합니다. 기자님!”

¤

며칠 후 한성데일리에는 경성잉글리시클럽에 대한 기사가 대서특필됐다. 신문에 기사가 어떻게 실렸는지 궁금했는데 과외하러 지완의 집에 갔다가 볼 수 있었다.

남녀 고보생들, 경성잉글리시클럽 활동으로 영어 레벨~업

배꽃여고보 오로라 양, 원어민 쌈치는 영어 실력에 화들짝

“익스큐즈 미, 하우 롱 윌 잇 테이크 푸롬 경성 스테이션 투 황금정 바이 트램?”

"잇 윌 프로바블리 테이크 어바웃 썰티 미니츠."

"쌩큐 포 유어 카인드 인포메이션."

지난 토요일 OO일 하오 3시, 경성 종로통에 있는 기독청년회관 강의실이 남녀 고보생들의 스터~디 열기로 후끈햇든 바, 경성잉글리시클럽 학생들이 영어 회화 공부를 하느라 여념이 업섯던 쌔문이엇다.

이른바 'Escape! Conversations for English Beginners' 즉, '탈출! 왕초보 영어 회화'라는 기치를 내건 경성잉글리시클럽은 보산고보 3학년 현지완 군을 회장, 배꽃여고보 3학년 오로라 양을 부회장으로 50명의 남녀 고보생이 결성한 모임이다. 매주 토요일 하오 3시 청년회관에서 한 시간씩 영어 회화 공부를 하고 관련 연구를 하고 잇다. 특히 이 클럽의 부회장 오로라 양은 미국인, 영국인 등 원어민 쌤을 후려치는 유창한 발음과 회화 실력으로 동년배들의 영어 튜터를 자처하는 바…….(중략)

클럽에서 만난 보산고보 강태준 군은 "아무리 영어 문법, 작문을 배운다 해도 미국인이나 영국인을 만나 한 마디도 할 수 업다면 쑤뤠기 영어지요. 영어를 해도 발음이 일본식이라 서양인들이 못 알아듯는다면 무소용이고요. 근데 오로라 양 덕분에 우리 클럽 회원의 영어 회화 실력이 일취월장하고 잇답니다."라고 말햇다.

보산고보 조한섭 군 역시 오로라 양을 입에 침이 마를 정도로 칭찬했다.

"저희는 주로 영어 회화를 스터디 하지만 문법이며 작문까지 연구하고 있습니다. 이게 다 '잉글리시 지니어스 걸' 오로라 양 덕분이지요.

배꽃여고보 임수지 양 또한 '저팽글리시'에서 '찐잉글리시'로 레벨 업, 하는 것이 회원들의 목표라며 환히 웃었다. 참고로 '저팽글리시'는 일본식 영어, '찐잉글리시'는 진짜 영어를 뜻하는 신조어라고 한다.

이에 경성잉글리시클럽 회원이 되고자 하는 남녀 고보생들이 줄을 잇고 있지만 현재로서는 증원 계획이 없다 하여 해당 학생들이 발을 동동 구르고 있다는 소식이다.

한편 오로라 양의 소문을 접한 경성방송국은 오 양에게 라디오 영어 회화 프로그램 진행을 맡기고자 백방으로 애쓰고 있으나, 당사자가 학업 때문에 수락할 수 없다 하여 안타까워한다는 소식도 전해지고 있다.

참나, 21세기에서는 영포자, 영알못이었던 내가 일제 강점기에서는 잉글리시 지니어스 걸로 추앙을 받다니. 함께 신문을 보던 지완도 짝짝 손뼉을 쳤다.

"이야! 이 정도면 우리 오로라 양, 경성 톱스타에 잉글리시 퀸인데! 근데 경성방송국에서 정말 연락 왔어? 영어 프로그램 맡아 달라고?"

촌스럽게 '잉글리시 퀸'이 뭐냐, 이런 건 보통 '핵인싸' '쌉인싸'라고 한다고 가르쳐 주고 싶었지만 꾹 참았다. 클럽 스터디 중에도 툭하면 '핵노잼' '킹받네' '쌤' 같은 21세기 유행어가 툭툭 튀어나와 요즘엔 특히 말조심에 신경 쓰고 있었다. 하지만 정작 회원들은 그런 말들을 재미있어하면서 저희끼리 유행시켰다.

"응. 마린 쌤 친구가 경성방송국 프로듀서래. 마린 쌤 통해 제안이 오긴 했어."

내가 대답하자 지완이 물었다.

"그럼 한다고 하지? 라디오 하면 돈도 벌고 유명해지고 여러모로 좋잖아."

"내 사정 알면서 그런 소리를 해? 끽다점에서는 나대지 말고 조심하라 하고선."

"아, 내가 그랬나? 그때 하고는 또 사정이 달라져서."

"난 21세기로 돌아갈 사람이야. 지금도 너무 유명해져서 살짝 불안한데……. 너 말고 다른 사람한테 신분이 노출되면 못 돌아간단 말이야."

"꼭 돌아가야 해? 그냥 여기서 쭉 살면 안 돼?"

"내가 왜 여기서 쭉 살아! 너라면 안 돌아가고 여기 남겠어?"

"미안. 그냥 해 본 소리야."

지완이 멋쩍어하며 목소리를 낮췄다. 분위기는 어색해졌고, 나는 너무 세게 말했나 싶어 미안한 마음이 들었다.

너 따위에 꿀리지 않아

35%

스마트폰 배터리 잔량이 35%가 된 날이었다. 수업을 마치고 하교하려고 복도를 걸어가는데 수지가 말했다.

"로라야. 부탁이 있는데 꼭 들어줘야 해. 알겠지?"

"뭔데? 미래의 헐리우드 스타 임수지 양의 부탁이라면 웬만하면 들어주지. 설마 현지완하고 데이트 약속 잡아 달라는 건 아니지? 내가 약속해 놓으면 대신 네가 미팅 장소에 깜짝 등장하는 약속."

내가 농담하자 수지가 눈을 흘겼다.

"얘는. 현지완 그 녀석 너한테 콩깍지 씌었던데 내가 미쳤니? 현지완이 너, 러브하는 거 같더라."

"현지완이 무슨! 아니거든! 너야말로 잉글리시클럽 스터디할 때마다 지완이한테 시선 고정이던데 무슨 딴소리야?"

"어머. 이런 오해를 받을 줄이야. 현지완 옆에 항상 강태준이 앉잖아. 비밀인데, 난 강태준 보는 거야. 난 태준이가 좋아. 현지완은 너한테 양보할게."

"진짜? 강태준이 너무 출세 지향적이기는 하지만 꽤 괜찮은 애 같더라. 그러고 보니 둘이 잘 어울리네? 걔도 너한테 관심 있는 거 같던데."

수지가 눈을 동그랗게 떴다.

"정말? 그럼 나, 강태준하고 잘해 볼래. 너도 눈치껏 도와줘."

"알겠어. 그나저나 무슨 부탁인데?"

"아참. 뭐냐면 우리 아버지가 종로경찰서 히로시 서장하고 형님 아우 하는 사이거든. 근데 그 분이 너를 외동딸 영어 과외 선생으로 삼고 싶다는 거야. 신문에 난 걸 봤나 봐. 일본 여자 애들만 다니는 경성여중 학생이고 우리 또래래. 이름이 나나코라던가. 희망 수업일은 주 2회, 과외비는 현지완 두 배. 몸은 힘들겠지만 과외비가 어마어마하니 제발 해 주라."

맙소사. 하다 하다 일본인 여학생한테까지 영어를 가르쳐? 만약 못 가르친다고 하면 불령선인으로 찍혀 서대문형무소에 갇히나? 할 수 없이 가르쳤다가는 21세기로 돌아간 후 친일파 명단에 이름 석 자가 올라가 가문에 먹칠할 수도 있고? 어떡하지?

종로경찰서의 일본인 서장이라면 조선인 괴롭히는 악질 중의 악질일 텐데. 그런 작자한테까지 내 이름이 알려졌다는 게 소름

끼치고 무서웠다. 원어민 교사를 비롯해 날고 기는 영어 실력자도 많을 텐데 왜 나를 콕 집어서 이러는 걸까? 일단 종로서 서장이든, 그 딸이든, 엮이지 않는 게 상책이라는 생각이 들었다.

"미안하지만 그 부탁은 못 들어주겠어. 시간 없어 못 한다고 해 줘."

수지가 난감한 표정을 지었다.

"그렇구나. 선선히 승낙하리란 생각은 안 했어. 근데 네가 못 한다고 하면 우리 아버지 입장이 난처해지나 봐. 어이쿠. 말해 놓고 미안하네. 우리 아버지 난처해지는 거랑 너랑은 아무 상관 없는데."

그런데 갑자기 정신이 번쩍 들었다. 어? 이 또한 미션? 일제 강점기로 타임 슬립 한 지 65일. 지금까지 내 뜻대로 한 것은 아무것도 없었다. 아무리 내가 긍정적인 마인드의 소유자이고 타임 슬립을 즐긴다 해도 난 반드시 21세기로 돌아가야 하니까. 그래서 그때그때 주어지는 과제를 미션이 아닐지 생각하면서 전부 다 받아들이고 해결하려고 노력했다. 신기한 건 주어지는 일이 모두 영어와 관련 있다는 것. 그러니 나나코인지 노노코인지 하는 일본인 여학생을 가르치는 일조차 미션일 수도 있다는 생각이 들었다. 히로시 서장이나 그 딸과 안면을 튼다면 독립투사 아버지에게 문제가 생겼을 때 도움을 받을 수도 있겠다는 계산까지 하게 되었고.

"알겠어, 해 볼게. 내가 거절하면 너희 아버님 체면도 구겨지실

테고. 종로서 서장하고 교류하면 우리 가족에게 도움 될 수도 있고."

"로라야. 진짜 고마워. 보답하는 의미에서 내가 미츠코시나 화신에 가서 런치 쏠게."

"히로시 서장이 과외비 듬뿍 준다며. 그거 받으면 내가 쏠게."

"하하. 그럼 네가 맛있는 거 사. 나는 예쁜 양산이나 꽃모자 사줄게."

"그래그래."

화기애애하게 이야기를 나누며 우리는 교문을 나섰다.

¤

황금정*에 있는 히로시 서장의 집을 찾아간 날은 장대비가 주룩주룩 내렸다. 빗줄기도 굵은 데다 우산이 작고 허름해 서장 집에 다다랐을 때는 교복 저고리와 치마가 흠뻑 젖어 있었다. 황금정은 일본인이 모여 사는 동네라 이층짜리 주택이 즐비했는데, 히로시 서장 집은 그중에서도 제일 크고 호화로웠다. 집사인 듯한 조선인 아주머니가 준 수건으로 머리와 교복의 물기를 웬만큼 털어 내고 나나코 방으로 향했다. 정원에 들어섰을 때부터 들려오던 〈엘리제를 위하여〉 피아노 소리가 나나코 방에 가까워질

* 지금의 서울 중구 을지로를 일제 강점기에 일컫던 말.

수록 크게 들렸다.

이윽고 이층에 있는 방 앞에 이르러 아주머니가 문을 똑똑 두드리고 말했다.

"영어 과외 하기로 한 오로라 양이 왔습니다."

피아노 소리가 뚝 끊기고 말소리가 들려왔다.

"들어오라고 해."

아주머니가 방문을 열어 주며 들어가라고 했다. 나는 최대한 당당한 포즈로 걸어 들어갔다. 하지만 나나코는 과외 선생이 들어오는데도 비 오는 창밖을 내다보며 등을 돌린 채 서 있었다. 레이스가 치렁치렁 달린 검정 드레스를 입고서. 반감이 일었지만 상대는 일제 강점기 경성 종로경찰서 서장의 외동딸. 종로서는 죄가 있든 없든 조선인이 한번 잡혀 들어가면 반죽음이 돼서 나온다는 악명 높은 곳. 더구나 우리 아버지는 일본에 저항해 독립운동하는 독립투사. 나는 불쾌함을 억누르며 침착하게 일본 말로 인사했다.

"처음 인사해. 배꽃학당 오로라라고 해."

그제야 서장 딸 나나코가 몸을 돌려 앞모습을 드러냈다. 순간 나는 깜짝 놀라고 말았다. 주근깨가 있는 하얀 피부에 까만 단발머리, 가느다란 눈과 오뚝한 콧날. 나보다 반 뼘쯤 작은 키와 오동통한 몸매……. 눈앞에 있는 여자애가 혼마치에서 만난 스미레였기 때문이다. 히로시 서장 딸은 나나코라고 했는데, 스미레하고 쌍둥이인가? 혼란스러워하는데 여자애가 픽 웃었다.

"나 기억하는 눈치네? 맞아. 우리 혼마치에서 만났지? 현지완이랑. 스미레는 집에서 부르는 이름이고 나나코는 정식 이름이야. 그냥 스미레라고 부르면 돼."

스미레가 나를 콕 집어 과외 선생으로 부른 의도를 알 것 같았다. 지완이 나를 걸프렌드라고 소개했으니, 나를 괴롭히려는 의도. 그리고 과외 선생으로 나를 지목한 사람은 서장이 아니라 스미레 본인인 게 분명했다. 그렇다 해도 확인해야 했다. 나는 일본 말로 물었다.

"내가 누군지 알고 일부러 부른 거니?"

스미레가 조선말로 대답했다.

"조선말로 해도 돼. 네 보이뿌랜드 현지완한테 배워 나도 조선말 할 줄 안다."

"묻는 말에 답이나 해. 그리고 오해한 거 같은데 현지완, 내 보이프렌드 아니거든."

스미레가 입가에 비웃음을 머금은 채 말했다.

"하하. 그 얘기를 왜 하는데? 네가 하는 말은 나한테 아무 의미 없다. 현지완이 너를 꺼루푸랜드라고 한 것만 의미 있지. 너를 과외 선생으로 부른 건 딴 이유 없어. 현지완이 너한테 배우는 거 그대로 배우고 싶어서 불렀거든. 현지완한테 가르치는 거를 나한테 똑같이 가르쳐 주면 된다. 이해되니?"

현지완한테 가르쳐 주는 거 그대로 가르쳐 달라고? 소름이 끼쳐 당장 방을 뛰쳐나가고만 싶었다. 내 속을 읽은 것처럼 스미레가 빈정거렸다.

"당장 그만두고 싶지? 근데 그냥 하는 게 좋을 거다. 넌 조센징이고 아버지는 독립투사, 난 위대한 대일본 제국의 신민이고 아버지는 종로서 서장. 그다음은 말 안 해도 되겠지? 참, 나한테 선생 대접받을 생각은 안 하는 게 좋다. 그저 너는 나한테 영어를 가르쳐 주는 또래일 뿐이고 한낱 조센징이니까."

스미레가 되바라지게 구니 나는 기가 죽기는커녕 오기가 발동했다. 내 비록 유키 구라모토의 〈로망스〉와 미야자키 하야오의 〈하울의 움직이는 성〉 광팬이지만 그건 그거고, 21세기 대한민국 소녀로서 일제 강점기 일본인 소녀 따위한테 꿀리지 않거든.

"무슨 소리야. 그만둘 생각 전혀 없는데? 그리고 현지완한테 가르치는 걸 너한테 똑같이 해 줄 수는 없어. 레벨이 다를 테니까. 일본 사람들은 발음 구조부터 조선 사람하고 다르기도 하고. 그러니까 수준 보면서 할게. 일단 너도 영어 회화를 배우고 싶다고 해서 기초 영어 회화 준비해 왔어. 괜찮지?"

너무 돌직구를 던졌나? 스미레의 얼굴이 먹구름 덮인 듯 어두워졌다. 오호, 기선 제압 일단 성공! 내가 호락호락하지 않은 애라는 거, 이만하면 알겠지? 나는 책가방에서 교재를 꺼내 한 권을 스미레 앞에 내밀며 한 번 더 다짐을 놓았다.

"그리고 중요한 건 나는 선생, 너는 학생이라는 사실. 그니까 선생이 하자는 대로 따라와. 안 그러면 과외 당장 그만둘 거야."

스미레는 놀란 표정으로 눈만 껌뻑껌뻑했다. 하긴 내가 이렇게 세계 나갈 줄 미처 예상을 못 했을 거다. 그저 영어 좀 하는 조센징 소녀겠지, 하며 얕봤겠지. 이상한 분위기 속에서 과외는 시작되었다. 창밖에선 비 내리는 소리가 요란했다.

양파 까기 미션인가? 까도 까도 또 나오네
30%

"로라하고 수지는 나 좀 볼래? 상담실에서 만나자."

여름 방학을 며칠 앞둔 날이었다. 종례를 마치고 하교를 서두르는데 마린 쌤이 불렀다. 수지와 나는 쌤을 따라 상담실로 갔다. 원탁 앞에 마주 앉자마자 마린 쌤이 말했다.

"로라 너, 유명 인사 됐더라. 신문에도 나고 경성 톱스타야. 선생님 덕분인 거 알지?"

"하하. 당연하죠. 쌤께서 지완이를 소개해 주셔서 시작됐으니까요. 감사합니다."

"어머나, 그렇다고 대번에 내 덕분이라고 하니 말한 사람 민망하네. 로라가 워낙 실력파여서 가능한 일이었지. 지완이 어머니도 고마워하시더라. 로라 덕분에 지완이가 영어뿐 아니라 공부도 열심히 하고 매사 활력이 생겼다면서."

"제가 더 감사해요. 어머니 약값이며 동생 월사금 다 해결되고, 덕분에 저희 가족도 아주 잘 지내요."

"반가운 얘기구나. 어머니는 쾌차하신 거니?"

"예. 다시 일 시작하셨어요. 양장점 일감 받아다가 하고 계세요."

마린 쌤과 내 얘기를 듣고만 있던 수지도 한마디 했다.

"저도 로라 덕분에 저팽글리시에서 많이 벗어났어요. 예전에는 영어 콤플렉스 진짜 심했거든요. 저희 클럽 회원들도 이구동성으로 다 그렇게 말해요."

"그래, 로라가 친구들 위해서 잉글리시클럽도 만들고 대단하다는 생각이 드는구나."

"안 그랬다가는 현지완 친구들이 집으로 쳐들어올 기세라. 할 수 없이……. 게다가 제가 박애주의자잖아요. 그러니 지완이한테만 과외해 줄 수가 있어야죠."

"하하. 그랬구나. 그래서 말인데 곧 여름 방학도 되고 하니 잉글리시클럽에서 번역 알바 좀 해 보면 어떻겠니? 선생님 지인이 번역서 내는 출판사를 차렸거든."

오잉, 영어 번역 알바? 일제 강점기에 알바 자리가 왜 이리 많아? 근데 아무래도 또 다른 미션이 추가되는 느낌이었다. 양파까기 미션인가? 계속 새 미션이 추가되게? 지금까지 내가 미션이라고 생각한 것만도 무려 네 가지였다. 첫째, 맏딸로서의 역할

하기. 둘째, 현지완 영어 과외하기. 셋째, 경성 영포자들 구하기. 넷째, 스미레 영어 가르치기. 다행히 네 개의 미션은 원활하게 진행되고 있었다. 물론 스미레 미션이 제일 신경 쓰이고 하기 싫기는 하지만. 그런데 이제 영문 번역까지? 이럴 바에야 차라리 이곳에 눌러살아? 영어 강사 겸 번역가로 데뷔해? 이 추세라면 여기에서만큼은 영어로 먹고 살 수 있을 거 같은데. 여하튼 나로서는 마린 쌤의 제안을 거절하기가 어려웠다. 이 또한 미션일지 모르기에. 수지도 손뼉까지 치며 좋아했다.

"어머! 저희가 영어책을 번역하면 한글 책이 나오는 거예요? 너무 신기하다. 하고 싶어요."

"그렇지. 어려운 책은 아니고 주로 어린이나 청소년 책이야. 조선에 어린이책 번역물이 있다고 해도 대부분 영어를 일본어로 번역했거나, 방정환 선생님의 『사랑의 선물』*처럼 일역본을 우리말로 옮긴 것이거든. 이런 걸 중역이라고 하는데 독일어나 불어 원서를 영어–일본어–우리말로 삼중 번역한 것까지 있단다. 그러다 보니 오역도 많고 원서의 느낌과는 다르게 번역되는 문제도 크지."

"아, 그래서 외국 책 번역한 거 보면 문장도 이상하고 말도 안 되는 게 많은 거군요."

수지가 맞장구치자 마린 쌤이 다시 말을 이었다.

* 소파 방정환 선생이 세계 여러 나라의 동화 10편을 번역(번안)하여 묶은 동화집.

"그렇지. 그래서 영어를 직접 우리말로 직역한 책을 펴내려는 게 그 출판사의 생각이야. 번역을 잘해야겠다는 부담을 가질 필요는 없어. 너희가 번역하면 내가 감수할 거니까. 번역 비용은 당연히 지불할 거고. 영어 공부에도 도움 될 테니 해 보면 좋겠다."

"네, 좋아요. 회원들과 상의해 꼭 해 보겠습니다."

나는 고개를 끄덕이며 대답했다. 이 또한 양파 미션 중 하나가 분명한데, 거절했다가 21세기로 못 돌아가고 이 시대에 눌러살게 되면 큰일이니까. 사실 일제 강점기에서 산 지 70일이 넘어가면서는 지치기도 하고 21세기의 가족과 친구들이 그립기까지 했다. 이곳의 가족이나 친구들과 정이 듬뿍 든 것과는 별개로.

"고맙다. 그럼 이 책 중에 하나 골라 보렴."

마린 쌤이 책 세 권을 우리 앞에 내밀었다. 그중 하나는 표지에 새싹 같은 게 그려져 있고 『Demian』이란 제목 아래에 'The Story of Emile Sinclair's Youth'라는 부제목이 적힌 책이었다. 『Demian』이면 저 심오, 난해, 찬란한 헤르만 헤세의 데미안? 중1 논술 학원에 다닐 때 머리 터져라 억지로 읽었던 그 책? 솔직히 세계 명작이라고 하지만 너무 심오해서 당최 이해가 안 갔던 책이다. 어쨌든 일제 강점기에서 아는 책을 만나다니 너무 반가워 "쌤! 저, 아는 책이에요!"라고 소리칠 뻔하다가 가까스로 참았다. 마린 쌤이 『데미안』을 가리키며 설명했다.

"이 책은 구라파*에 있는 독일 작가 헤르만 헤세가 쓴 『데미안』이란다. 세계 문학 중 첫손에 꼽히는 소설인데 좀 난해해. 그래도 청소년들한테 유익한 책이라 너희가 번역하면 좋겠지만."

두 번째 책은 표지가 매우 신비로웠는데 가운데에 『PETER AND WENDY』라는 제목이 있고 좌우에 깃털 달린 모자를 쓴 남자와 머리에 깃털을 꽂고 드레스를 입은 여자, 위아래에는 남녀노소 사람들과 강아지가 그려진 책이었다. 마린 쌤이 책을 펼쳐 보이며 말했다.

"이 책『피터 앤 웬디』는 영국 제임스 매튜 배리라는 작가가 썼단다. 원래는 『The Little White Bird』라는 소설의 일부였는데 『Peter Pan—The boy who wouldn't grow up』이라는 아동극으로 발표됐다가 동화책으로 나왔지. 아주 환상적이고 재미있는 이야기란다."

앗, 『피터 팬』이잖아. 근데 피터 팬이 원래는 소설의 일부였고 아동극으로 먼저 발표됐다고? 21세기 출신인데 난 왜 이리 모르는 게 많지?

마지막 책은 표지에 『Anne of Green Gables』란 제목 아래 금발 머리 소녀가 그려진 책이었다. 처음 보는 책이었는데 마린 쌤이 설명했다.

"이 책은 미국 위쪽에 있는 가나다**라는 나라의 여성 작가 루시 모드 몽고메리가 쓴 소설이야. 제목은 『초록 지붕 집의 앤』이라는 뜻이지. 게이블이 지붕이라는 뜻이거든."

* 유럽(Europe)을 소리나는 대로 한자음으로 표현한 말.
** 캐나다(Canada)를 소리나는 대로 한자음으로 표현한 말.

“지붕은 루뿌 아녜요?”

“맞아. 지붕은 보통 루프라고 하지. 게이블은 지붕 중에서도 고깔 지붕이라고 할까, 뾰족지붕이라고 할까. 삼각형처럼 생긴 지붕을 말해.”

수지가 모처럼 영어 실력을 뽐내자 마린 쌤이 꼬깔 지붕 그림을 손가락으로 그리며 설명했다.

“아하. 네, 알겠어요. 쌤 근데 무슨 내용이에요?”

“앤이라는 수다쟁이 소녀가 남매 농부의 집에 입양돼 성장해 가는 과정을 그린 건데 진짜 재미있어. 인기가 높아 뒷이야기까지 시리즈로도 나왔지.”

그렇담 이 책은, 『빨간 머리 앤』? 근데 왜 21세기 한국에서는 ‘빨간 머리 앤’이라고 알려져 있지? 주홍빛 금발 머리 때문? 아님 출판 업계의 상술? 하긴 『초록 지붕 집의 앤』보다는 『빨간 머리 앤』이 훨씬 끌리긴 하네. 그나저나 투 비 오어 낫 투비, 댓 이즈 어 퀘스천……이 아니라, 어떤 책을 선택할지 그것이 문제였다. 이것이 진정 미션이라면 이왕이면 쉽게 완수할 수 있는 책을 선택해야 할 것이니……. 아무래도 『피터 앤 웬디』가 쉬울 것 같아 얘기하려는 찰나, 수지가 말했다.

“어린이용으로 나온 책이 쉽겠지? 『피터 앤 웬디』 이걸로 하면 어떻겠니, 코리야?”

이런 걸 한자로는 이심전심, 영어로는 mind to mind라고 하던가. 결국 우리는 『피터 앤 웬디』부터 번역해 보기로 했다. 다만 마린 쌤이 가진 책이 한 권뿐이라 등사기로 여러 권을 찍어 갖다 주기로 했다.

곧 수지와 나는 상담실을 나섰다. 새로운 미션이 추가됐다는 부담감이 어깨를 짓눌렀지만 재미있을 것 같기도 했다. 이 모든 것이 21세기에서는 결코 경험할 수 없는 일이기에. 미션만 무사히 완수하면 지금으로부터 30일이 되는 날엔 대한민국 서울로 돌아갈 수 있을 테니까.

숍 걸의 트라우마

30%?

비상사태가 발생했다. 스마트폰 배터리가 며칠째 줄어들지 않고 그대로인 것이다. 마린 쌤에게서 번역 일거리를 받아온 지 일주일이 지나고 여름 방학도 시작됐지만 스마트폰 배터리는 7일 전 그대로 30% 남아 있었다. 뭔가 정상 궤도를 벗어난 것 같아서 불안감이 몰려왔다. 궁금해서 경성챗봇에게 물어봤지만, 늘 그랬듯 글자를 입력해도 전송이 되지 않고 부재중이라는 메시지만 떴다. 그렇대도 배터리에 대해 내가 할 수 있는 일은 아무것도 없으니 지켜볼 수밖에 없었다.

경성은 하루가 다르게 기온이 오르며 한여름을 향해 치달았다. 기후 위기와 지구 온난화로 과열된 21세기의 폭염에는 비할 바 아니었지만……. 회원 중 20%인 열 명이 참여하는 번역부까지 생겨나면서 잉글리시클럽의 열기도 더 후끈 달아올랐다.

¤

"그럼 다음 시간엔 자신의 꿈에 대해 발표하는 '네 꿈을 말해봐' 시간을 갖겠어. 에브리바디 오케이?"

회화 스터디를 끝내면서 과제를 내자 회원들이 한목소리로 대답했다.

"예썰! 오케이!"

"그럼 다들 발표 준비 잘 해 오고, 번역부만 남고 퇴실하죠. 씨유, 넥스트 윅!"

"씨 유 넥스트 윅!"

곧 다른 회원들은 퇴실하고 번역부원들만 남았다. 회화 스터디와 마찬가지로 번역부 모임도 내가 진행했다.

"그럼 1차 번역 회의를 시작해 볼까. 챕터 원은 지완이가 하기로 했지? 영어 원서 두 세 문장 읽은 후 번역한 거 얘기하고, 함께 토론하는 식으로 하지. 어때?"

모두들 좋다고 했다. 곧 지완이 『피터 앤 웬디』 중 첫 번째 챕터 'Peter Breaks Through' 부분을 읽기 시작했다.

"올 칠드런 그로우 업. 익셉또 뽀 완. 데이 노우 댓 데윌 그로우 업 투. 앤드 더 웨이 웬디 뉴 워즈 디스. 원 데이, 휀 쉬 워즈 투 이얼즈 올드, 웬디 투크 어 빨라워 투 헐 마덜. 미세스 딸링

크롸이드, 오, 와이 캔트 유 스떼이 라이꾸 디스 포에벌.'"*

지완이 잠시 숨을 가다듬고는 다시 말했다.

"이 부분을 나는 이렇게 번역해 봤어. 어린이들은 모두 자란다, 딱 한 아이만 제외하고. 그들은 알고 있다. 그들이 자랄 것이라는 것을. 웬디가 이것을 알게 된 경로는 이러했다. 어느 날, 웬디가 두 살 때였다. 웬디는 꽃을 들고 어머니에게 갔다. 달링 부인은 울부짖었다. 오, 왜 영원히 지금처럼 있을 수 없는 거야?"

"우와. 잘했어!"

"유어 더 베스트, 원더풀!"

번역부원들이 환호성을 보냈다. 지완이 어깨를 으쓱하며 손을 내저었다.

"번역하긴 했는데 만족스럽지는 않네. 'They'를 '그들'이라고 한 것도 어색하고, 'and the way Wendy knew was this'를 '웬디가 이것을 알게 된 경로는 이러했다.'라고 하는 것도 너무 딱딱한 것 같아. 달링 부인이 한 말도 무슨 뜻인지 잘 모르겠어."

지완이 말하자 한섭이 손을 번쩍 들었다.

"잘했는데 지완이 말대로 딱딱한 게 흠인 것 같아. 번역은 외국어 문장을 우리말로 옮기되, 자연스레 옮기는 게 중요하다더라. 나는 그 부분을 이렇게 번역해 봤어. 아이들은 모두 자란다.

* All children, grow up. Except for one. They know that they'll grow up too. And the way Wendy knew was this. One day, when she was two years old, Wendy took a flower to her mother. Mrs Darling cried, 'Oh, why can't you stay like this forever.'

딱 한 아이만 빼고. 아이들도 자신들이 자랄 것이라는 걸 알고 있다. 웬디의 경우에는 이랬다. 하루는 웬디가 꽃을 꺾어 들고 엄마에게 갔다. 그 모습을 보고 달링 부인은 소리쳤다. 아, 웬디가 영원히 이렇게 귀여운 모습이라면 얼마나 좋을까? 어때?”

한섭이 말을 마치기도 전에 박수갈채가 쏟아졌다. 내가 들어도 지완보다 한섭의 번역이 훨씬 자연스러웠다. 지완도 고개를 끄덕이며 쿨하게 인정했다.

“한섭이 번역이 좋은데? 1챕터는 일단 그렇게 번역하자!”

우리는 이런 식으로 서로 번역한 것을 비교하고 조율해 가면서 첫 챕터 번역을 마치고 해산했다. 영어 회화 공부 못지않게 그룹 번역도 보람된 일이었다. 어제 스미레 과외를 하면서 쌓인 스트레스가 말끔히 풀리는 느낌도 들었다. 스미레는 숙제도 제대로 하지 않은 주제에 수업 시간 내내 딴죽을 걸고 쓸데없는 질문을 하며 나를 피곤하게 했다. 발음이 그게 맞느냐, 해석이 이상한 것 같다, 지완하고는 무슨 공부를 하느냐, 내선일체* 시대인데 경성잉글리시클럽에 일본인 학생은 왜 못 들어가느냐 등등.

¤

번역부원들과 헤어져 집에 가니 대문 밖에까지 구수한 냄새가

* 일본과 조선은 한몸이라는 뜻으로, 일제 강점기 때 일본이 조선인의 정신을 말살하고 조선을 착취하기 위하여 만들어 낸 구호.

풍겼다. 부엌을 들여다보니 어머니가 저녁을 차리고 있었다.

"어머니, 냄새가 구수해요. 뭐예요?"

어머니가 반기며 대답했다.

"로라 왔구나. 설렁탕 좀 사 왔어. 깍두기도 듬뿍 주더라. 보리밥하고 얼른 내갈 테니 옷 갈아입고 나오렴."

"알겠어요, 어머니."

얼른 옷을 갈아입고 나와 마당에서 손도 씻고 마루에 앉았다. 그사이 두레상엔 편육 서너 조각에 송송 썬 쪽파까지 얹힌 뽀얀 설렁탕이 보리밥, 깍두기와 함께 먹음직스레 차려져 있었다. 그런데 설렁탕이 네 그릇이나 있고 수저도 네 쌍이 놓여 있었다. 넉넉하게 한 그릇 더 내왔나 보다 하는데, 어머니가 말했다.

"도훈아, 곱분이도 같이 저녁 먹자고 해라. 쉬는 날인지 종일 집에 있던데 점심도 안 먹는 거 같더라."

"조용해서 없는 줄 알았어요. 불러올게요."

도훈이가 문간방으로 곱분 언니를 부르러 갔다. 잠시 후 도훈을 따라 쭐레쭐레 온 언니는 눈두덩이 퉁퉁 붓고 눈시울도 벌게져 있었다. 어머니가 깜짝 놀라 물었다.

"곱분아, 무슨 일 있니? 얼굴이 왜 그래?"

"아무 일 없어요. 아침 많이 먹고 낮잠을 자서 그런가 봐요."

곱분 언니가 웃으며 대답했지만 내가 봐도 거짓말이었다. 분명 펑펑 운 것 같은 얼굴이었다. 어머니도 그렇게 생각했을 텐데 더는 묻지 않았다.

곧 우리는 상에 둘러앉아 설렁탕을 먹기 시작했다. 배가 고팠던 데다가 설렁탕도 깍두기도 다 맛있어서 나는 한 그릇 뚝딱 해치우고 한 그릇을 더 가져다 먹었다. 그런데 설렁탕을 먹던 곱분 언니가 갑자기 울음을 터뜨렸다. 그러더니 숟갈을 내려놓고 얼굴을 두 손으로 감싼 채 펑펑 울기 시작했다. 어머니가 말 좀 해 보라고 했지만 언니는 그치기는커녕 더 서럽게 울었다. 잠시 후 언니가 가까스로 울음을 그치더니 힘없는 목소리로 말했다.

"저 어제 잘렸어요. 미츠비시 숍 걸 이제 못 해요."

"그게 무슨 소리야. 쉬는 날이라 집에 있는 줄 알았는데?"

"예. 아주머니. 제가 일 못 하면 큰일인데. 고향집에도 돈 부쳐야 하는데……. 눈앞이 캄캄해요."

"그러게. 근데 왜? 곱분이처럼 참한 사람이 어디 있다고?"

"너무 억울해요. 미츠비시에 서양 손님들이 많이 오거든요. 그래서 숍 걸들도 영어 회화를 공부하고 저도 많이 연습했는데 제가 손님한테 실수를 했어요."

곱분 언니의 사연은 어이가 없었다. 서양 여자가 아이와 함께 매장에 와서 화장실을 찾기에 손짓발짓까지 해 가며 영어로 잘 가르쳐 줬단다. 그런데 언니가 가르쳐 준 대로 가다가 화장실을 못 찾아 아이가 도중에 오줌을 쌌다는 것이었다. 서양 여자는 불같이 화를 내면서 언니 머리끄덩이를 잡고 아주 난리를 쳤단다. 화장실 위치를 잘못 말해 줬다면서. 21세기였으면 서양 여자가 행패 부리는 영상을 누군가가 찍어 SNS에 퍼뜨리고, 그게 일파만파가 돼 곱분 언니가 보호를 받을 텐데. 근로 기준법이 있을 리 없는 일제 강점기의 조선인 직원은 억울하게 당할 수밖에 없나 보았다.

“아이가 오줌 싼 거 때문에 언니를 자른 거예요? 영어가 서툴러서 그런 건데?”

내가 기막혀하자 곱분 언니가 한숨을 폭 내쉬었다.

“내가 발음은 나쁘지만 똑바로 가르쳐 줬어. 여자가 못 알아듣고 딴 길로 간 거야. 근데 서양 여자 남편이 총독부에 근무한대. 나도 진짜 미안하다고 손이 발이 되도록 빌고, 미츠비시 전무님은 굽실굽실 사과하면서 아이 새 옷이며 모자에 가방까지 주겠다고 했어.”

“그런데도 안 된대요?”

“응. 나를 안 자르면 데파또 문 닫게 한다고 악을 쓰더라니까. 내가 영어가 짧아도 다 알아들었어. 빠이아 숍 걸, 데파또먼또 스또아르 샤또 다운, 어쩌고 하더라니까. 그러니까 미츠비시에서 나더러 그만두라고……. 그 길로 짐 싸 갖고 나왔어. 동료들한테 인사도 못 하고.”

마치 내가 당한 일인 양 분노가 치밀었다. 도훈도 분개한 낯빛으로 말했다.

“너무 화가 나네요. 그럼 누나 이제 어떡해요?”

“다른 일자리 알아봐야지. 근데 소문이 퍼져서 다른 데파또에는 갈 수도 없을 거야. 데파또 숍 걸은 싸비스가 생명인데, 내가 싸비스를 죽 쐈잖아. 영어 열심히 공부했는데 너무 속상해."

어머니가 안타까워하며 곱분 언니를 위로했다.

"정말 속상하구나. 왜놈들 등쌀에 죽어나는데 서양 사람들까지 조선인을 깔아뭉개니. 맘 추스르고 천천히 다른 일자리 찾아보렴. 곱분이만큼 착실한 사람이 어디 있어. 더 좋은 자리 생길 거니 너무 걱정 말고."

"예. 근데 월급도 많고 데파또 숍 걸처럼 좋은 직업이 없거든요. 그냥 빌리아드 걸로 갈아탈까 봐요. 손님들이랑 당구 좀 치고 점수만 헤아리면 되니까 일은 쉬워요. 근데 월급이 숍 걸보다는 적어서……. 할로 걸도 괜찮은데 온종일 전화 교환대 앞에만 앉아 있기는 답답할 것 같고, 빠스 걸도 생각 중인데 짓궂은 손님들한테 희롱당한다고 해서 고민이에요."

"빠스 걸이면 빠스 차장? 그게 인기 있는 직업이라 경쟁률 높다는 얘기 들었어."

"예. 그렇대요. 그나저나 설렁탕 맛있게 잘 먹어서 제가 설거지라도……."

어머니도 나도 무슨 설거지냐며 뜯어말렸다. 곱분 언니가 눈가를 훔치며 말했다.

"아주머니 고맙습니다. 로라도……. 이렇게라도 털어놓으니 속이 좀 시원하네요. 근데 로라야, 뚜라마가 뭐니? 서양 여자가 나 때문에 자기 아이가 오줌싸개 뚜라마인지 투라마인지가 생겼다면서 날뛰던데."

뚜라마? 투라마? 아하 트라우마?

“트라우마요? 스펠링이 티, 알, 에이, 유, 엠, 에이인데요. 어떤 일 때문에 정신적인 충격을 받은 상태라는 뜻이에요. 그러니까 그 애가 화장실을 못 찾아 옷에 오줌을 싸서 정신적인 충격을 받고 마음에 상처가 생겼다, 그런 뜻이요.”

“그렇구나. 뚜라마 기억해 둬야겠네. 그렇게 따지면 난 서양 여자 뚜라마가 생긴 거고. 암튼 고마워.”

곱분 언니가 씁쓸한 표정으로 일어나 문간방으로 갔다. 어머니가 언니 걱정을 하다 갑자기 내게 눈길을 돌렸다.

“참, 로라 너는 무슨 영어 구락부인지 클럽인지 한다며? 양장점에 있는 신문에서 봤다. 왜 말을 안 했어. 아들딸이 무슨 일 하고 다니는지 에미도 알아야지.”

나는 깜짝 놀랐다. 어쩌다 보니 말을 안 했는데 너무 죄송했다.

“아, 죄송해요. 별거 아니라 말씀 안 드렸어요. 그냥 뜻 맞는 학우들끼리 영어 공부 하는 순수한 모임이라서요.”

“네가 영어 잘해서 과외하는 줄이야 알았지만 그런 거까지 하는 건 몰랐구나. 근데 순수한 모임이라도 조심해야 한다. 왜놈들이 학생 모임은 무조건 감시 대상으로 찍고 감시하잖아. 여럿 모이다 보면 수상한 자가 있을지도 모르고.”

“전혀 걱정하실 거 없어요. 영어에 목마른 학우들이라 다른 일에 관심 없는걸요. 홍마리 선생님이 영어 번역 일도 주셔서 경성잉글리시클럽 학우들이랑 함께하고 있고요."

"그래, 어쨌든 항상 조심해야 한다. 왜놈들 세상 징글징글하구나, 휴우."

"예. 항상 조심하겠습니다."

어머니를 안심시키고 나는 밥상을 들고 부엌으로 갔다. 이젠 어머니도 양장점 일로 바빠져 내가 집안일 돕는 걸 마다하지 않았다.

설거지하는 동안에도 내가 당한 일인 양 곱분 언니 일이 속상했다. 그렇다고 도와줄 수도 없으니, 언니가 얼른 다른 일자리를 찾기 바랄 뿐이었다.

소리 질러, 더 크게!

25%

"드디어 '텔 미 유어 드림' 시간이 왔습니다. 소리 질러! 샤우트 아웃! 경성잉글리시클럽! 경성잉글리시클럽!"

주먹 쥔 손을 흔들며 내가 소리치자 회원들이 환호했다.

"와아! 경성잉글리시클럽! 경성잉글리시클럽!"

"텔 미 유어 드림, 모두 열심히 준비해 오셨죠?"

"예스, 아이브 빈 쁘리페어링 웰."

여름 방학도 다 끝나 가고 들길에는 벌써부터 코스모스가 하나둘 피어나는, 개학을 이틀 앞둔 토요일이었다. 잉글리시클럽 활동을 한 지 겨우 두 달이 지났는데 회원들의 영어 실력이 눈에 띄게 향상되어 나는 큰 보람을 느끼고 있었다.

"그럼 누구부터 시작할까?"

"저요, 저!"

수지가 번쩍 손을 들었다. 태준과 잘돼 가고 있어서 그런지 요즘 수지는 학교 공부보다 잉글리시클럽 활동에 더 열심이었다.

"좋아. 임수지 꿈부터 들어보죠."

회원들이 손뼉을 치자 수지가 사뿐사뿐 앞으로 걸어 나왔다. 할리우드 배우가 레드 카펫을 걷듯 오른손을 들고 미소까지 지은 채. 그러고는 낭랑한 목소리로 발표하기 시작했다.

"프롬므 나우 온, 아이 윌 어나운스 마이 드림. 마이 드림 이즈 투 비컴무 어 조선 액털 앤드 이븐 어 월드 클래쑤 무비 스타. 쏘 웬 아이 그래듀에이트 프롬무 하이스쿨르, 아 윌 고우 투 더 유나이티드 스테이츠 투 스터디 무비즈. 덴 아 윌 컴백 앤드 메이크 어 조선 무비……."*

수지는 아주 차분하게 할리우드 배우가 되고 싶은 꿈을 피력했다. 부잣집 딸에 철딱서니 없는 친구로만 알았는데 꿈이 꽤 구체적이라서 놀랐다. 심하게 일본식이었던 발음도 한결 좋아진 상태였다. 그다음 발표자는 강태준이었다. 태준은 고보 졸업 후 경성제대에 입학하거나 동경제대로 유학을 다녀와 조선총독부나 동양척식회사, 경성은행 같은 직장에 취직하는 게 꿈이라고 했다. 이어 여러 회원이 잇달아 자신의 꿈을 발표했다. 교사

* From now on, I will announce my dream. My dream is to become a Joseon actor and even a world-class movie star. So when I graduate from high school, I will go to the United States to study movies. Then I will come back and make a Joseon movie…….

가 돼 조선 학생들을 가르치고 싶다, 신문 기자로서 사회에서 일어나는 일을 알리는 사람이 되고 싶다, 조선 팔도의 풍경과 사람들 모습을 그림에 담는 화가가 되겠다, 에디슨 같은 발명가가 돼 세계인의 생활을 편리하게 해 주고 싶다 등 저마다 꿈이 달랐다. 어떤 회원은 그저 평안하고 건강하게 하루하루를 보내는 게 꿈이라고도 했다. 회원들은 감탄하고, 손뼉 치며 궁금한 것을 묻기도 하면서 서로의 꿈을 힘껏 응원했다. 이제 남은 사람은 지완과 나, 둘 뿐. 먼저 지완이 발표하기 시작했다.

"마이 드림무 이즈 디 인디펜던스 오브 조선. 지완 현. 두 유 노 댓 투데이 이즈 어메리카즈 인디펜던스 데이? 잇쯔 더 데이 디 유나이티드 스테이츠 게인드 인디펜던스 프롬무 더 브리티시 콜로니즈. 저스트 라이크 댓, 마이 드림무 이즈 투 비컴 어 시티즌 오브 조선, 언 인디펜던트 컨트리, 낫 더 삐쁠 오브 더 저패니즈 엠빠이어. 애즈 롱 애즈 아워 조선 비컴즈 인디펜던트. 아이 윌 엔조이 애니띵그 인 조선, 댓 아일 러브. 온리 덴누, 아이 윌 비 에이블 투 뻘리 리얼라이즈 마이 드림무즈."

지완의 발표를 듣는 동안 나는 가슴이 철렁했다. 인디펜던스 오브 조선? 어메리카즈 인디펜던스 데이? 오 마이 갓! 현지완, 뭐 하는 거야! 여기서 왜 조선 독립을 운운하고 미국 독립 기념일을 얘기해? 학우들도 놀란 표정으로 소리쳤다.

"인디펜던스는 독립이라는 뜻인데. 꿈이 조선 독립이야?"

"어메리카즈 인디펜던스 데이는 뭐야? 현지완! 칠판에 적어 봐."

"저패니즈 엠파이어는 일본 제국?"

"엔조이 애니띵 어쩌고도 못 알아들었어. 전문을 적어 주라."

나는 두 손으로 가위표를 해 보이며 지완에게 하지 말라는 신호를 보냈다. 하지만 지완은 나를 보고서도 칠판에 분필로 제목과 내용을 적기 시작했다. 내가 지우개로 지우려 했지만 회원들이 아우성을 치는 바람에 지울 수도 없었다. 결국 지완은 발표했던 원문을 칠판에 고스란히 적고 말았다.

My dream is the independence of Joseon.

Jiwan-Hyun

Do you know that today is America's Independence Day?

It's the day the United States gained independence from the British colonies.

Just like that, my dream is to become a citizen of Joseon, an independent country, not the people of the Japanese Empire.

As long as our Joseon becomes independent.

I will enjoy anyting in Joseon, that I love.

Only then, I will be able to fully realize my dreams.

지완이 칠판에 영어 문장을 다 쓰고 나자 한섭이 말했다.

"현지완이 쓴 거 로라가 해석 좀 해 줘. 무슨 뜻인지."

"뭘 해석을 해. 이 정도는 알 것 같은데? 어려운 단어도 없고."

나는 손을 내저었다. 원문이 노출된 것만으로도 걱정이 되는데 일을 더 키우고 싶지 않았다. 하지만 한섭이 거듭 재촉했고 다른 회원들도 같은 의견이었다. 정말 하기 싫었지만 나는 떠밀리듯 해석할 수밖에 없었다.

"우선 제목은 '내 꿈은 조선의 독립이다', 첫 문장은 '오늘이 미국 독립 기념일이라는 걸 아느냐?'란 뜻이고. 그 다음은 그냥 쭉 해석할게. '미국이 영국 식민지로부터 독립한 날이다. 내 꿈은 독립한 나라, 조선의 백성이 되는 것이다. 일본 제국의 피플이 아니라. 조선이 독립만 된다면 나는 사랑하는 조선에서 무슨 일이든 즐겁게 할 것이다. 그때 비로소 나는 내 꿈을 맘껏 펼칠 수 있을 것이다.' 현지완, 맞아?"

지완이 싱긋 웃으며 고개를 끄덕였다.

"응, 완벽해."

시간이 멈추기라도 한 듯 강의실은 무거운 정적에 휩싸였다. 나도 마음이 천근만근 무거웠다. 지완의 꿈이 저러하다니, 나는 미처 몰랐다. 과외 첫날 〈빼앗긴 들에도 봄은 오는가〉를 필사하고, 윤봉길 의사가 일본군에게 폭탄을 던진 쾌거 소식이 들린 날 눈을 빛내긴 했다. 조선이 해방된다는 걸 알려 줬을 때는 너무나 기뻐했고, 혼마치를 분노 유발 거리라고 했던 녀석이었다.

그래도 과외 시간엔 그저 영어 공부만 하고 조선 독립에 관한 이야기는 하지 않았기에 나는 조금도 눈치를 채지 못했다. 어쨌든 꿈이 저렇다 해도 입 밖으로 말해서는 안 되는 일이었다. 상황을 수습하고 분위기를 바꿔야 했다. 나는 은근슬쩍 말문을 돌렸다.

"그럼 이제 마지막으로 내 꿈을 발표할게. 여러분, 저 오로라의 꿈 경청해 주실 거죠?"

그런데 회원 하나가 손을 번쩍 들었다.

"로라 발표 듣기 전에 질문 좀 하자. 그럼 현지완 너는 조선이 독립하기 전에는 어떠한 꿈도 꾸지 않겠다, 그 말인가?"

보산고보 3학년 송수혁이었다. 강의도 열심히 듣고 과제도 잘해 오지만 별말이 없어 눈에 띄지 않던 회원이었다. 자칫 심각한 논쟁이 벌어질 수도 있어 지완 대신 내가 먼저 대답했다.

"알다시피 우리 모임은 잉글리시클럽이야. 영어와 관련 없는 얘기는 하지 말자."

하지만 지완은 내 말을 무시하고 대답했다.

"수혁이 말이 맞아. 식민지 백성은 노예나 다름없는 존재야. 노예가 무슨 꿈을 꿀 수 있을까? 너희가 화려한 꿈을 늘어놓았지만 망국민의 허망한 꿈일 뿐이라고 나는 생각해. 나라가 있고서야 백성도 있는 법. 일제가 조선을 훔쳐서 조선인을 이렇게 핍박하고 있는데 노예인 우리가 과연 무슨 꿈을 꿀 수 있지? 그래서 난 개인의 꿈은 조선이 독립한 후에 꾸려고 한다. 그렇기에 지금의 내 꿈은 조선의 독립이고."

한숨이 나왔다. 아니 이 녀석, 오늘 왜 이러는 거야. 독립투사라도 되겠다는 거야? 회원들이 웅성웅성했다. 송수혁은 그냥 넘어가지 않았다.

"지완, 내선일체를 부정하는 건가? 조선이 망한 지 벌써 22년. 조선이 일본이고 일본이 조선인 시대야. 나라를 잃은 건 조선인의 민족성이 열등하기 때문이고. 나라를 되찾겠네, 독립이 꿈이네, 하는 건 불령선인이나 할 짓 아닌가. 헛된 꿈에 목숨 걸지 말고 꿈 깨시지."

지완이 입술을 꾹 다문 채 송수혁 앞으로 가더니 또박또박 소리쳤다.

"이제 보니 너 뼛속까지 일본인이구나. 넌 조선이 영원히 독립되지 않기를 바라지? 조센징으로 멸시받고 사느니 일본인으로 사는 게 더 낫다고 여길 테지? 근데 어쩌니. 조선은 일본으로부터 독립할 수밖에 없는데. 왜냐고? 유관순, 안중근, 이봉창, 윤봉길 선생처럼 독립을 위해 기꺼이 몸을 내던진 분들이 있기 때문이지."

그러자 강태준이 붉으락푸르락한 얼굴로 소리쳤다.

"현지완, 송수혁! 둘 다 그만하지! 경성잉글리시클럽 회칙 제1항, 우리는 오로지 영어 공부만을 위해서 모였다. 영어 외에 다른 것은 일체 언급해서는 안 된다. 잊었나? 계속 이러면 둘 다 강퇴 시킨다."

조한섭도 강태준을 거들었다.

“맞아. 우리 클럽에서는 영어 외의 이슈는 금기 사항이지. 말이 나왔으니 말인데 현지완 네 부친은 동양척식회사 임원으로 일본인과 꼬루푸나 치러 다닐 테고. 형은 뻰지르르한 동경제대 유학생 아닌가? 너희 집이야말로 내선일체를 앞장서 실천하고 동족의 고혈을 빠는데 혈안인 부루주아 친일파잖아. 그런 집 아들로서 조선 독립 운운하는 거 어불성설 아닌가?”

지완의 얼굴이 차갑게 얼어붙었다. 그 모습을 보는 순간 가슴에서 뜨거운 불덩이가 솟구쳐 올랐다. 지완을 보호해야 했다. 지완을 지켜 줘야 했다. 나는 모두를 휘둘러보며 소리쳤다.

“다들 왜 이래? 회칙을 어긴 건 현지완이 아니라 송수혁, 조한섭, 너희 둘이야! 현지완은 꿈을 말했을 뿐이라고. 그리고 지완이가 발표한 거 너희 실력이면 다 알아들을 텐데 칠판에 써라, 나한테는 해석해라, 이러면서 말꼬리 잡았잖아? 그러면서 현지완을 불령선인으로 몰아세우고. 친일파 집안이라고 하니 좋니? 그리고 아버지랑 형이 친일파면 지완이도 그런 거야? 이러고도 너희가 같은 클럽 회원이야? 영어 공부에 뜻을 같이한 동지 맞느냐고.”

모두 얼떨떨한 얼굴이었다. 나는 잠시 말을 멈췄다가 다시 덧붙였다.

“물론 현지완도 오버했어. 그런 거창한 꿈이 있더라도 독립투사 할 거 아니면 가슴에만 품어야지. 다만 말 나온 김에 내가 똑똑히 알려 줄게. 지완이가 말한 것, 조선의 독립, 그건 엄연한 사실이야. 잇쯔 투루 댓 조선 비케임 인디펜던트 온 핍프틴 어거스트 나인틴포티파이브."

감정이 격해져 생각나는 대로 말해 버렸는데, 말을 마치는 찰나 아찔했다. 앗 내가 지금 뭐라고 한 거야? 아니나 다를까, 송수혁이 말꼬리를 물고 늘어졌다.

"부회장, 무슨 소리 하는 거야. 조선이 1945년 8월에 독립한다는 말이?"

지완은 눈을 휘둥그레 떴고 다른 회원들도 너도나도 물었다.

"조선이 독립하는 걸 로라가 어떻게 알아? 날짜 근거는 뭐고?"

"그러게. 총독부에서 들으면 큰일 날 소리인데?"

지완이 내 어깨를 쳤다.

"오로라, 왜 이래! 나 거든다고 아무 말이나 막 하면 어떡해!"

수지도 놀란 눈빛으로 말했다.

"로라야, 너 또 왜 이래? 어머 얼굴 해쓱한 것 좀 봐……. 어디 아프구나. 여러분! 오해들 마셔요. 로라가 무리를 해서 많이 피곤한가 봐. 저번에도 경성역이 어디냐, 배꽃학당이 뭐냐, 막 헛소리 했거든. 로라야, 얼른 집에 가서 쉬자. 여러분, 오늘 모임은 여기서 끝내죠!"

번역부 스터디를 이어서 해야 했지만 수지와 지완이 모임을 서둘러 폐회시켰다. 태준과 수혁, 한섭 등 다른 회원들이 먼저 강의실을 나가고 수지, 지완과 나는 그들과 시간차를 두고 나왔다.

큰 실수를 했다는 생각에 마음이 무거운데 지완이 먼저 말을 걸었다.

"미안해. 나 때문에 로라까지 곤욕을 치러서. 평범하게 발표하고, 수혁이가 공격해도 말조심했어야 하는데."

"그러게 이게 뭐야. 조심했어야지."

나도 모르게 볼멘소리가 나왔다. 수지가 우리 둘을 번갈아 보며 물었다.

"휴우, 너희들이라도 이러지 마. 말꼬리 잡은 녀석들이 나빴어. 근데 너희, 나 모르는 비밀 있니? 조선이 독립된다는 둥 날짜까지 딱 집어서 말하는 게 이상해. 둘이 점집이라도 갔다 온 거야?"

나는 얼른 고개를 저었다.

"무슨, 아니야. 1945년 8월 15일이 왜 나왔는지 나도 모르겠어. 지완이가 일방적으로 공격당하는 게 화나다 보니……. 간밤에 잠을 못 자서 머리가 어떻게 됐나 봐. 미안해."

지완도 멋쩍어하며 내 말을 거들었다.

"나도 희망 사항을 말한 것뿐이야. 말을 안 해서 그렇지 조선 사람이라면 누구나 조선 독립을 꿈꾸지 않겠니? 식민지인으로 사는 거 너무 힘들고 아프잖아. 근데 다들 너무 발끈하네. 일본 사람 다 됐어. 암튼 얼른 가자. 피곤하다."

수지는 고개만 끄덕일 뿐 더는 묻지 않았다.

우리는 청년회관을 나와 종각 전차 정류장까지만 함께 걸었다. 다들 말이 없었다. 잠시 후 정류장에 도착하니 황금정으로 가는 전차가 왔다. 수지가 전차에 오르며 조심히 가라며 우리 둘에게 손을 흔들었다. 나도 웃으면서 수지에게 손을 흔들어 주었다.

수지를 보내고 나자 지완이 말했다.

"빙수 가게 가서 팥빙수나 후루츠펀치 먹고 갈래? 아니면 영화 보러 가거나."

지완이 미안해서 그런다는 걸 알았지만 나는 고개를 저었다.

"아니, 별로. 집에 가서 잠이나 잘래."

"알겠어. 그럼 다음 수업 때 보자. 암튼 내가 객기를 부려 미안해. 먼저 갈게."

지완이 입술을 꾹 닫은 채 먼저 걸음을 옮겼다. 어깨가 축 처진 채로.

나는 지완의 뒷모습을 보면서 전차 정류장에 그대로 서 있었다. 돌덩이가 얹힌 듯 마음이 무거웠다. 바로 그때였다. 치마 주머니에서 진동이 울렸다. 골목으로 가서 얼른 스마트폰을 꺼내 보니 오랜만에 경성챗봇 알림톡이 와 있었다. 그런데 무슨 일인지 맨 앞에 [긴급]이라는 낱말이 적혀 있었다.

[긴급] 경성챗봇 알림톡 도착

• 고객명 : 오로라

• 내용

1. 그대는 일본 제국이 알아서는 아니 되는 중대 비밀을 두 번쌔로 발설한 바. 이미 경고한 바와 가치 스마트폰 쌧쎄리는 더욱 비규칙적으로 방전될 거시며 신변에도 심각한 위험이 일어날 수 잇슴을 고지함.

2. 고개를 갸우뚱할 거스로 사료되야 이전 경고 사항에 대해 재고지함.

타이무 슬리쁘 후 최초로 수신한 경성챗봇 알림톡 말미에 깨알 가튼 글씨로 경고문이 적혀 있는 바. 아직 읽지 안앗다면 냉큼 찾아 읽기를 강권함.

맨 처음 받은 알림톡 끝에 경고문이 있었다고? 못 봤는데 뭐지. 얼른 경성챗봇 창을 터치해 타임 슬립 후 처음 온 알림톡을 찾아보았다. 헉, 경고문이 정말 있었다. 이걸 왜 못 봤지? 너무 깨알같이 작은 글씨라서? 아니면 타임 슬립 초기라 엄벙덤벙하다가 보지 못한 건가? 경고문 내용은 이러했다.

• warning

그대는 일본 제국이 알아서는 아니 되는 important secret을 발설해서는 아니 되며 그럼에도 발설할 시, 어느 시점부터 스마트폰 쌧쎄리가 불규칙하게 방전될 수 잇으며 신변에도 위험이 발생할 수 잇슴을 경고함.

그제야 이해가 갔다. 규칙적으로 24시간마다 1%씩 방전되던 스마트폰 배터리가 어느 날부터 방전이 되지 않고 멈춰 있던 것이. 껑충껑충 널뛰기하듯 방전됐던 이유도. 그 원인은 바로 내가 지완에게 일본 제국이 알아서는 안 되는 중요 기밀 즉, 조선이 해방되는 날인 광복절을 딱 집어 알려 줬기 때문이었다. 그리고 주요 기밀을 두 번째로 발설했다는 건 내가 잉글리시클럽에서 광복절을 회원들에게 말한 걸 뜻하는 것이리라. 두려움이 폭풍처럼 몰려왔다. 대체 무슨 일이 벌어지려는 걸까. 이제 나는 어떻게 되는 걸까.

도처에 스파이

23%→n%?

“독립운동하는 멍청한 집구석 딸답게 허술하기 짝이 없군. 어이 오로라! 이렇게 빨리 걸려드니 싱겁잖아. 뭐? 조선이 우리 대일본 제국으로부터 반드시 독립해? 1945년 8월 15일에?”

누리끼리한 셔츠에 가죽조끼, 가죽 바지를 입고 가죽 장화를 신은 타케루가 담배 연기를 내뿜으며 빈정거렸다. 나는 정신을 바짝 차리려 최대한 안간힘 썼다. 사실 종로서 취조실에 들어설 때부터 무시무시한 공포에 몸이 움츠러든 상태였다. 취조실은 보는 것만으로도 너무나 음습하고 흉측했다. 침침한 불빛 아래 가죽 채찍이며 쇠갈고리, 몽둥이 따위가 벽에 잔뜩 걸려 있고, 한 구석에는 물이 가득 담긴 물통과 전기의자, 못이 촘촘히 박힌 커다란 나무 상자가 보였다. 핏자국으로 얼룩덜룩한 바닥도 너무

섬뜩해 발을 디디기가 두려울 정도였다.

잉글리시클럽에서 조선 독립이 꿈이라고 지완이 발표하고, 조선은 반드시 독립한다면서 내가 날짜까지 꼭 집어 말한 게 종로서에 곧장 흘러 들어간 것이었다. 그래서 지완과 나, 수지 등 몇몇 회원들은 여름 방학을 마치고 등교하자마자 종로서로 잡혀 왔다. 우리는 유치장에 반나절을 갇혀 있다가 각각 취조실로 끌려가 취조를 받게 됐다. 내 담당은 집에도 몇 번 찾아왔던 타케루 순사였다.

지완과 내 발언이 문제가 될 수 있다는 건 알았다. 경성챗봇이 긴급 알림톡으로 예고도 했다. 하지만 종로서에서 이렇게나 빨리 우리 정보를 입수했다는 게 너무 충격적이었다. 그건 잉글리시클럽 회원 중에 스파이가 있다는 뜻이니까.

타케루가 내 뺨을 쿡쿡 찔러 대며 말했다.

"8월 15일이 에미 애비 생일도 아니더만. 1945년 그날 독립된다는 게 무슨 헛소리냐? 이제부터 묻겠다. 첫째, 경성잉글리시쿠라부의 배후는 누구냐?"

찔러 대는 게 역겨워 내가 고개를 홱 돌리자 타케루가 뺨을 거세게 후려쳤다.

"쌍년이! 어디서 고개를 돌려? 손발톱 뽑히고 전기 고문당하고 싶어 빌익하나? 원하면 해 줄게. 그게 싫으면 순순히 붙고."

가슴이 벌벌 떨렸다. 내가 처한 현실이 똑바로 보이며 후회도 되었다. 그냥 현지완 친구 몇 명만 소박하게 가르치고 말걸. 왜

잉글리시클럽을 만들어서 설치다 이 꼴을 당하나. 나, 왜놈 순사한테 고문받다가 서대문형무소로 끌려가 생을 마감하는 건가? 독립 만세라도 외치고 독립운동이라도 하다가 걸렸다면 덜 억울하겠는데. 고작 말 한 번 잘못했다고 이런 신세가 되다니. 그렇지만 이럴수록 정신을 똑바로 차려야 했다. 겁은 났지만 나는 최대한 눈에 힘을 준 채 타케루를 쏘아보았다.

"공부하려고 학생들끼리 만든 순수한 모임이에요. 배후 없어요."

"허, 이 쌍년이 사람 돌게 하네. 네년이 영어로 쏼라쏼라했다면서. 1945년 8월 15일에 조선이 독립된다고! 배후가 유언비어 퍼뜨리라고 한 거 아냐? 조센징들 술렁거리게!"

타케루가 몽둥이로 가슴을 쿡 찔렀다. 수치심과 분노로 피가 거꾸로 솟는 것 같았다. 하지만 여기는 일제 강점기. 조선인을 짐승만도 못하게 여기는 왜놈들이 판치는 시대. 무시무시한 고문을 피하고 살아 나가려면 어쩔 수 없었다. 사실 경성챗봇에게 긴급 알림톡을 받았을 때부터 이미 시나리오를 짜둔 상태였다. 만약의 경우 오리발도 내밀고 거짓말도 하기로. 경성챗봇 알림톡이 언급한 '신변의 위험'이란 십중팔구 경찰에 구금되는 게 뻔했기에. 나폴레옹 보나파르트가 'In my dictionary, nothing is impossible.'이라고 했다면 나 오로라 사전에는 '오리발'도 '거짓말'도 없지만 어쩔 수 없었다. 멀쩡한 몸으로 21세기로 살아 돌아가려면 선의의 오리발, 선의의 거짓말밖에는 다른 수가 없다.

게다가 아무리 스파이가 있었다 쳐도 청년회관 강의실에 CCTV가 있어 영상이 찍혔을 리도, 스마트폰으로 녹화했을 리도 없었다. 오리발과 거짓말만이 살길이었다.

"스파이를 심으려면 영어 잘하는 애를 심어요. 나는 조선이 독립된다고 한 적도, 그날이 1945년 8월 15일이라고 말한 적도 없어요. 스파이가 영어를 잘못 알아들었을 거예요."

타케루가 바짝 약 오른 얼굴로 벌떡 일어났다.

"오리발 작전으로 나가겠다 이거냐? 그럼 네년이 뭐라고 했는데?"

"뭐라고 했는지 영어로 말하면 알아들을 수 있어요? 영어 할 줄 알아요?"

타케루가 신경질을 확 부렸다.

"영어 모른다, 왜! 코쟁이 말은 배워 뭐 하게? 이년이 매운맛을 못 봐서 정신을 못 차리는군. 이런 걸 원하나 본데 네깟 년 영혼 탈탈 터는 건 일도 아니지."

타케루가 바지 허리띠를 휙 뽑더니 오른손에 돌돌 감아쥐며 음흉하게 웃었다. 고문을 하겠다는 건가. 어떡하지?

그때였다. 젊은 순사 하나가 헐레벌떡 들어오더니 타케루에게 뭔가를 건넸다. 말투로 보아 조선인 순사 같았다.

"이년 책가방에서 이런 게 나왔습니다. 이년이 매일 밤 방에서 이상한 물건을 갖고 혼자 떠들고 뭔가를 한다는 첩보가 있었는데. 그게 바로 이 물건 같습니다."

이상한 물건이란 내 스마트폰이었다. 안 그래도 아까부터 스마트폰이 안 보여 안절부절못하고 있었다. 종로서로 연행될 때 몸수색은 물론이고 책가방까지 압수당해 그때부터 걱정했는데. 그게 저 순사 놈 손에 있는 것이다. 타케루가 눈을 휘둥그레 떴다.

"김 순사, 이게 뭔가? 그 첩보는 누구한테 들었나?"

김 순사가 굽실굽실하며 대답했다.

"이게 뭔지는 아직 조사를 못 했고 첩보는 김곱분한테 들었습니다. 취조 중이시라 빨리 보고 드려야 할 것 같아 가지고 왔습니다."

나는 놀라 자빠질 뻔했다. 곱분인지 꼽뿐인지하는 그 인간은 월세 싼 집으로 옮긴다며 엊그제 우리 집에서 나갔는데. 스파이 짓을 했다고? 어떻게 도처에 스파이야. 일제 강점기엔 CCTV 대신 스파이가 곳곳에 있었나?

"이게 뭐지? 똑바로 안 불면 뒈진다."

타케루가 스마트폰을 든 채 험악한 표정으로 다그쳤다. 다행인 건 마법에라도 걸린 양 스마트폰이 먹통이 된 채 꺼져 있다는 것. 아침에도 멀쩡했고 배터리도 23%였는데. 그렇더라도 가볍게 터치하면 화면이 켜지기 마련인데 타케루가 여러 번 툭툭 쳤는데도 스마트폰은 먹통 그대로였다. 오, 신이 나를 돕는구나! 나는 가슴을 쓸어내렸다. 게다가 스마트폰을 분실하거나 일본 경찰의 손에 들어갔을 때를 대비해 지완과 함께 짜 놓은 시나리오가 있었다. 나는 바로 타케루에게서 스마트폰을 낚아채며 시나리오대로 말했다.

"독일에서 만든 녹음 기계예요. 내가 보산고보 현지완한테 영어 과외를 하는데 내 영어 발음을 녹음해 달라면서 현지완이 빌려준 거예요. 근데 고장 나서 안 돼요."

지완이 말하기를, 독일에서 만든 마그네폰이라는 녹음기가 있는데 성능이 안 좋아 잡음도 심하고 한번 고장 나면 그냥 고물이 돼 버린다는 것이었다. 그러면서 지완은 어떤 경우에든 스마트폰을 고장난 녹음기라고 둘러대면 빠져나갈 구멍이 있을 거라며 시나리오를 짜 줬다. 스마트폰이 완전히 먹통일 경우에 통할 수 있는 얘기였다. 그래도 이 시나리오를 활용할 일이 없기를 바랐는데 이렇게 써먹을 타이밍이 오다니. 나는 타케루의 눈치를 살피며 말꼬리를 슬며시 김곱분 이야기로 돌렸다.

"근데 김곱분이 스파이인 줄은 꿈에도 몰랐네. 은혜를 원수로 갚다니. 백화점 잘렸다고 월세도 반으로 깎아 줬는데."

타케루는 내 말을 못 들은 척 중얼거렸다.

"독일에서 마그네폰인가 뭔가 하는 녹음기를 만들었다는 소리는 들었는데 이게 그건가? 고장 난 걸 왜 갖고 다니나? 어쨌든 압수! 조사해 봐야 하니."

타케루가 내 손에서 스마트폰을 도로 뺏어갔다.

"고장 났다니까요! 조사해 봤자라니까요!"

"수리하면 될 수도 있잖아! 네년이 청년회관에서 지껄인 헛소리가 녹음돼 있으면 더 좋고. 현지완 그 새끼한테도 물어봐야 하고."

내가 소리쳤지만 타케루는 스마트폰을 등 뒤로 숨겼다. 그런데 김 순사가 타케루의 귀에 속닥거리면서 뭔가를 또 건넸다.

"이건 서장님 따님이……."

맙소사! 나의 미니 드로잉 북이었다. 취미가 색연필 어반 드로잉이라 늘 책가방에 갖고 다녔는데. 타임 슬립 했을 때 자동으로 딸려 온 걸 잊고 있었다. 하지만 새 드로잉 북이라서 그림이라곤 타임 슬립 전에 그린 것 한 장 밖에는 없고, 그것마저 다 완성하지 않은 상태였다. 근데 그게 스미레를 거쳐 종로서 김 순사 손에? 그럼 스미레가 내 책가방을 뒤져서 훔쳤단 얘기인가. 나는 없어진 것도 까맣게 모르고 있었는데? 기가 막혀 한숨을 내쉬는데, 김 순사가 드로잉 북에 있는 그림을 가리켰다.

"이 그림이 수상합니다. 광화문통을 그린 거 같은데 광화문이 경복궁 앞쪽에 있고 총독부 건물은 아예 없어요."

헉! 일본 앞잡이 놈이 쓸데없이 예리한 눈을 가졌네? 그랬다. 내가 이곳으로 오기 전 어반 드로잉을 하러 갔다가 그린 그림에는 광화문이 경복궁의 앞쪽 정문에 위치해 있고 총독부 건물은 아예 없다. 내 얕은 지식으로는 일제 강점기에 일본이 우리의 민족정기를 없애려고 경복궁 앞뜰에 조선총독부를 세우고 광화문도 원래 자리가 아닌 동쪽으로 옮겼다고 알고 있다. 그러다 광복 후 광화문을 원래 자리로 옮겼고, 치욕스러운 역사의 상징인 총독부 건물은 1990년대에 철거하면서 오늘날의 모습이 된 것이다. 그렇게 복원된 광화문을 그리다가 미처 완성하지 못했는데 그걸 김 순사가 알아본 것이었다. 타케루가 광화문 그림을 손으로 짚으며 윽박질렀다.

"야, 이 그림 뭐야! 경복궁 앞에 왜 총독부 건물이 없고 광화문이 있어? 희망 사항을 그린 건가? 총독부가 없어지고 광화문도 원래 자리로 돌아오길 바라서? 조선 독립을 바라서?"

이건 또 뭐라고 대답해야 하지? 가슴이 답답해 오는 순간 좋은 생각이 떠올랐다.

"아 그건……. 여기 여백 보이죠? 총독부 건물은 아직 안 그렸고요. 광화문은 원래 경복궁 앞쪽에 있었잖아요. 그래서 그냥 한번 그려 본 거예요. 다시 제대로 그릴 거예요. 총독부도 우뚝 서 있고, 광화문도 동쪽에 있는 걸로."

타케루가 바닥에 침을 크억 내뱉으며 성깔을 부렸다.

"어쭈 잘도 둘러대네. 야! 네년이 불순한 의도로 총독부도 안 그리고 광화문도 앞쪽에 그린 거잖아! 그림에 없다고 총독부가 없어질 것 같으면 조센징들 힘들게 독립운동이고 나발이고 할 필요 있겠냐? 허구한 날 그림이나 그려 대면 되지. 아침부터 열 받았더니 배가 고프네. 김 순사, 이년 유치장에 처박아. 오로라 각오하고 있어. 국밥 먹고 와서 아주 반 죽여 놓을 테니까."

타케루가 자리를 박차고 취조실을 나갔다. 나는 김 순사한테 질질 끌려 나와 다시 유치장에 갇히고 말았다. 유치장에는 고문을 당한 듯 여자 둘이 반주검이 된 채 처참한 모습으로 쓰러져 있었다. 한구석에는 온몸이 상처투성이인 여자가 꼼짝도 안 한 채 몸을 웅크리고 있는 게 보였다. 맨 처음에 있던 유치장과는 또 다른 무섭고 가슴 아픈 광경이었다. 타임 슬립 했다고 재미있겠다며 좋아했는데 정말 큰일났다 싶었다. 워낙 이곳에서의 삶이 바쁜 데다 적응도 잘해 21세기를 잊고 있었는데 문득 그곳의 가족이 그리워 눈물이 났다. 조금 뒤 타케루한테 끔찍한 고문을 당할 것 같아 두렵기도 했다.

스마트폰이 타케루 손에 있는 것도 걱정스러웠다. 스마트폰을 뺏겼으니 21세기로 못 돌아가는 건가? 혹시 타케루가 스마트폰을 열면 어쩌지? 설령 화면이 켜지더라도 패턴을 그리거나 지문을 인식시켜야 하니까 열릴 리는 없지만, 타케루가 내 스마트폰을 열지 못한다는 법도 없다.

이 생각 저 생각 하려니 머리가 아프고 공포가 밀려왔다. 또 하나 걱정은 혹시 현지완이 배신을 하면 어쩌나 하는 것이었다. 겪어 본 바에 따르면 그럴 성품은 절대 아니지만 또 누가 아나? 친일파 아들인 만큼 가문의 압력에 못 이겨 나를 헌신짝 버리듯 할지. 나는 유치장 안이지만 뭐든 해 봐야겠다는 생각이 들었다. 그래서 벌떡 일어나 두 손을 모아 경건하게 기도를 올리기 시작했다. 가족은 물론이고 내가 알고 있는 모든 신을 마음속으로 불렀다. 21세기의 엄마 아빠 도훈아. 일제 강점기에서 만난 어머니, 상해의 아버지, 동생아! 그리고 부처님 예수님 성모 마리아님! 알라신 천지신명님……. 제발 타케루 놈 손에 있는 스마트폰이 안 열리게 해 주세요. 스마트폰이 무사히 제게 돌아오게 해 주세요. 그리고 무엇보다 고문 안 당하고 이 상황을 극복할 수 있게 해 주세요!

하지만 불안감과 공포는 쉽사리 사라지지 않았다. 이럴 때 할 수 있는 게 또 있지! 이른바 4-7-8 호흡법! 나는 양반다리를 하고 앉아 가볍게 날숨을 쉰 후 머릿속으로 숫자를 세면서 4초 동안 코로 숨을 들이마셨다. 그런 다음 다시 7초 동안 숨을 꾹 참은 후 8초를 세며 천천히 숨을 내쉬었다. 이렇게 몇 번을 반복하니 마음이 깨알만큼 아니 손톱만큼은 편안해졌다.

겨우 마음이 진정되고 나니 지완과 수지가 걱정됐다. 유치장까지는 같이 있었는데 내가 가장 먼저 취조실로 불려 나왔기에. 물론 그 애들은 나하고 신분이 달랐다. 조선인치고는 고위 집안이자 친일파 집안 아이들이다. 아버지 백, 가문 백이 남다르니 나처럼 취조를 받거나 고초를 겪을 것 같지는 않았다. 하지만 또 모르는 일, 인생사 오리무중이라 했으니. 아, 걔네들한테 텔레파시라도 통하면 좋겠는데……. 마음이 간절해 다시 기도하려고 자리에서 벌떡 일어났다. 그때 구석에 웅크리고 있던 여자가 벽을 탁탁 두드리며 신경질적으로 말했다.

"이봐, 뭐 하는 거야? 일어섰다 앉았다 부스럭부스럭하는데 짜증나네."

몸을 웅크리고 있어 몰랐는데 여자는 나이가 제법 들어 보였다. 나는 얼른 사과했다.

"죄송합니다. 제가 불안해서 기도 좀 하느라고."

"여기 혼자만 있는 거 아니잖아. 나도 있고 몸이 만신창이가 된 분들도 있는데. 남 생각 좀 해."

"예. 죄송합니다. 조심하겠습니다."

여자가 한숨을 내쉬고는 다시 몸을 바짝 웅크렸다. 그런데 김 순사가 급히 오더니 여자를 불러냈다. 여자는 체념한 듯한 얼굴로 허청허청 유치장을 나갔다. 취조나 고문을 받으러 가는 것 같아 마음이 짠했다.

그때 옆쪽에서 누군가 벽을 두드렸다. 방금 끌려 나간 여자하고 떠들었다고 옆 유치장에서 항의하나 싶어 가만히 있었다. 그런데 속삭이듯 익숙한 남자 목소리가 들렸다.

"혹시 오로라? 나 현지완인데?"

헉! 난 너무 놀라 실신할 뻔했다. 현지완이 바로 옆 유치장에 있다니! 갑자기 마음이 든든해지면서 벽간 소음이 허용되는 허술한 유치장 구조가 너무나 감사하게 느껴졌다. 난 '대한독립만세'를 외치고 싶은 걸 꾹 참고 조용히 대답했다.

"맞아. 나야, 오로라."

지완이 다시 소곤소곤 말했다.

"역시 맞구나. 아까 순사한테 손 놓으라고 할 때 혹시나 했는데 방금 얘기하는 소리 듣고 확신했어."

유치장에 갇히기 직전 김 순사가 그악스럽게 내 손을 잡아끌기에 손 놓으라고 소리친 걸 들은 모양이었다.

"그랬구나. 근데 얘기해도 괜찮아? 그쪽에 다른 사람 없어?"

"응. 함께 있던 사람들이 다 끌려 나가고 몇 명만 남았는데 다 의식을 잃은 것 같아. 조용조용 얘기하면 괜찮을 것 같아."

"휴우, 그렇구나. 근데 왜 여태 유치장에 있어? 아버지 백으로 벌써 나갔을 줄 알았는데."

"그게…… 요새 총독부 직원이 독립투사하고 연결된 경우가 있어서 아버지 백도 통하질 않아. 무엇보다도 내가 잉글리시클럽에서 말한 게 큰 문제가 된 거 같아."

"그렇구나. 수지는?"

"수지는 벌써 나갔어. 석방된 거 같아. 총독부보다 동양척식회사 백이 센가 봐."

"수지라도 나가서 다행이다."

"맞아. 그나저나 나 때문에 고생하게 해서 너무 미안하다."

"아니야, 네 잘못이 아니잖아. 그리고……."

목구멍까지 울컥함이 치솟았지만 가슴에 꾹 눌러 담았다. 다만 내 상황은 알려야 해서 조용하게 말했다.

"근데 나 녹음기 압수당했는데 알지? 너한테 확인할 거 같던데 잘 말해 줘."

혹시 누가 들을까 싶어 '스마트폰'이라는 말도 '시나리오'라는 말도 할 수 없어 에둘러 표현했다. 그래도 똑똑한 지완은 찰떡같이 알아듣고 조심스레 되물었다.

"녹음기 압수당했구나. 그래, 내가 아는 대로 말할게."

"응, 근데 고장 나서 지금 꺼져 있고 켜지진 않을 거 같아. 암튼 그렇게 알아."

지완이 이어서 뭐라고 대답하는 소리가 복도의 수선스런 발소리에 묻혀 버렸다. 이내 지완이 독방에서 나가는 소리가 들리더니 한동안 주위가 잠잠했다. 지완이 없다고 생각하니 두려움이 몰려왔다. 지완은 석방된 걸까, 아님 취조실로 간 걸까 걱정도 되었다.

두어 시간쯤 지났을까. 구둣발 소리가 유치장 앞에서 멈추더니 김 순사가 소리쳤다.

"오로라 나와!"

다시 취조실로 끌려가는 것 같아 가슴이 철렁했다. 그런데 김 순사가 나를 데리고 간 곳은 취조실이 아닌 면회실이었고 찾아온 사람은 마린 쌤이었다.

"로라야! 어쩜 좋아. 고생이 많구나."

작은 철창을 사이에 두고 마주한 마린 쌤의 얼굴엔 걱정이 가득했다.

"내가 로라를 지완이한테 소개 안 했으면 이런 일이 없었을 텐데 너무 미안하다."

"아니에요, 쌤. 너무 걱정 마세요. 제가 잘못한 게 없는데 무슨 일이 있겠어요? 지완이는 꿈을 말했을 뿐이고 저는 영어로 조선이 독립된다고 말한 적이 없어요. 스파이 짓 한 애가 영어 실력이 개판이라 잘못 알아들은 거예요."

비겁하지만 마린 쌤에게도 이렇게 거짓말을 할 수밖에 없었다. 어차피 조선이 1945년에 독립하는 건 기정사실이고 난 무조건 여기서 살아 나가야 하니까. 면회실 뒤쪽에 앉은 순사가 우리 이야기를 다 기록하고 있어 마린 쌤에게 진실을 털어놓을 수도 없었다.

"아무렴, 로라가 그런 뚱딴지같은 말을 할 리가 없잖아. 영어를 잘한다 해도 말이 헛나올 수도 있고. 근데 상황이 녹록하지는 않아. 신문에 잉글리시클럽 기사가 안 좋게 실렸어."

마린 쌤이 한성데일리에 실린 기사를 펼쳐 보였다. '경성잉글리시클럽, 불령선인 불온 단체로 드러나'라는 제목은 물론이고 '영어 스타 오로라 양, 1945년 8월 조선 독립 확언하며 학우 선동'이란 부제부터가 심상치 않았다.

저번에는 영어 지니어스 걸이라고 추켜세우더니, 제목과 부제만 보더라도 기사는 읽어 보고 말고 할 것도 없었다. 그런데 얼핏 눈에 띄는 부분이 있어 자세히 보니 이런 내용이었다.

> 쁀만 아니라 오로라 양은 노잼, 핵노잼, 뉴런 공유, 억텐, 개편리편, 킹밧네, 제당슈만, 고고씽 등 조선어와 영어, 한자어가 합쳐진 수상한 신조어를 맨들어 경성잉글리시클럽 회원을 비롯한 청년들이 정신세계를 교란하고 있다는 사실까지 제보되엇다. 참고로 '노잼'은 'no잼', 즉 '재미가 업다', '핵no잼'은 '몹시 재미가 업다'는 뜻이라 하며 '뉴런 공유'는 '신

경 세포로 알려진 뉴런(neuron)을 머릿속에 공유할 만큼 서로 뜻이 통했다'는 뜻이라니 기가 매킨다. 또 '억텐'은 '억지 tension'의 준말로 '억지로 재미있는 척을 하고 격한 반응을 보여 주는 모습'을 의미한다고 한다.

아울러 '개fun리fun'은 '참으로 재미있고 다시 봐도 재미있다'란 뜻이라는데 '리'는 '다시'에 해당하는 영어 're' 이되 '개'는 강조하는 말이라니 지나가는 똥개가 웃을 일이다. 이밖에 '제가 당신을 superstar로 맨들어 드리겟슴니다'란 뜻의 '제당슈만', '콩깍지 씨엇다'라는 뜻의 '필터(filter) 씨엇다' 등 오로라 식 신조어가 경성 청년들에게 최첨단 유행어로 꼽히며 밀물처럼 퍼져 나가고 잇다 하니 통탄할 일이 아닐 수 업다.

일제 강점기에서도 이렇게 신상이 털릴 수가 있나 싶어 기가 막혔다. 내 얼굴을 살피며 마린 쌤이 다시 말했다.

"신조어 얘기까지 기사가 너무 안 좋게 났지?"

"그러니까요 쌤."

"지금 다 석방되고 로라만 남았어. 수지는 클럽 회원일 뿐 특별한 역할이 없었고, 지완이는 발표 내용이 알쏭달쏭하니 종로서에서도 어쩌지 못한 거 같아. 근데 로라는 아버님이 감시 대상이라 수배 중인데 이런 일까지 생겨서……."

"죄송해요. 조심한다고 했는데 운 나쁘게 걸려들었어요."

"그렇지? 근데 교장 선생님을 비롯해 선생님들이 네가 영어를 잘해도 가끔 실수하기도 하니 선처해 달라, 대일본 제국의 천황 폐하께 지극한 충성심을 가진 선량한 학생임을 증명한다고 탄원서도 썼어. 학교에서도 신경 쓰고 있으니 너무 걱정 마. 만세 운동을 한 것도 아니니 고문 같은 건 쉽사리 못 할 테니까 그것도 걱정 말고. 무사히 빨리 나올 수 있도록 도울게."

나는 눈물이 터지고 말았다.

"흑……. 쌤 고맙습니다. 잘 이겨 내겠습니다."

"그래! 네가 누구니. 당차고 씩씩한 오로라잖아. 로라는 할 수 있어. 유 캔 두 잇!"

"네……."

몇 마디 더하려는데 순사가 땡하고 종을 치면서 면회 시간이 끝났다고 알렸다. 마린 쌤은 내 손을 꼭 잡아 주고는 돌아갔고, 나는 다시 유치장에 갇혔다.

잘못한 걸 잘못했다고 해야 사람이지

21%→17%→15%→?

김 순사가 다시 나를 불러낸 건 마린 쌤이 다녀간 후 꼬박 하루가 지난 때였다. 종로서 복도 유리창 너머로 보이는 노을 덕분에 대충 시간을 짐작할 수 있었다. 이제 또 어떤 일이 벌어질까. 가슴을 졸이며 취조실로 가니 타케루가 선심 쓰듯 말했다.

"오로라, 혐의 불충분으로 석방 명령이 내려졌다. 히로시 서장님이 하해와 같은 은혜를 베푸셨으니 감사히 여기고 앞으로 조선 독립 같은 헛소리는 조선어든 일본어든 영어든 아뿌리까어든 입 밖으로 꺼내지도 마라. 한 번만 더 그랬다가는 서대문형무소로 직행이니까!"

석방이라니 너무 다행이었다. 다만 지금 가장 중요한 건 스마트폰을 되찾는 일.

"녹음기나 줘요. 드로잉 북이랑 책가방도요."

버렸다고 하거나 못 준다고 할까 봐 조마조마했는데 옆에 있던 김 순사가 스마트폰과 드로잉 북, 책가방을 내게 툭 던졌다. 타케루가 스마트폰을 가리키며 이죽거렸다.

"조선에선 그거 고칠 사람 없다니 쓰레기통에 버려라. 그리고 너 경복궁 그림에 총독부 꼭 그려 넣어. 대일본 제국의 신민이 총독부 그림을 빼먹으면 쓰나! 참, 곧바로 서장님 댁으로 가라. 따님이 기다린단다."

나도 알거든, 오늘 스미레 수업하는 날인 거? 하지만 나는 대답도 하지 않고 내 물건만 챙겨 취조실을 나왔다. 타케루가 구시렁대는 소리가 귓전을 때렸다.

"쌍년, 풀어 줬는데 인사도 안 하고 가네. 야! 너 뒷골목 다닐 때 조심해. 너도 네 애비처럼 감시 대상이니까!"

타케루의 말을 한 귀로 흘리고 나는 화장실부터 찾았다. 밤을 꼬박 새우다시피 해 다리가 휘청거렸지만 스마트폰이 무사한지 확인해야 했다. 얼른 화장실 빈칸으로 들어가 스마트폰을 터치했다. 야호! 역시 스마트폰은 나를 배신하지 않았다. 새까맣기만 하던 화면이 단 한 번의 터치로 환하게 켜졌다. 잠금 패턴도 그려 보았다. 기특하게도 내 손에 들어온 스마트폰은 문제가 없었나. 배터리 잔량은 종로서에 잡혀 온 이제 아침보다 2% 줄어든 21%였다. 바로 그때 스마트폰이 진동하며 경성챗봇 알림톡이 왔다. 왠지 너무 반가워 얼른 읽어 보았다.

경성챗봇 알림톡 도착

• 고객명: 오로라

• 내용

1. 지금ᄭᅡ지 미쏜을 성실히 잘 수행햇슴. 다만 경거망동으로 크나큰 위험에 처햇던 바 아프로는 더욱 조심하여야 할 것임.

2. 마지막 미쏜이 하나 더 남아 잇슴. 그 미쏜을 찾아 완수할 경우 21세기로 가는 전차 탑승이 가능함.

Good Luck!

역시 세상에 쉬운 일은 없다. 종로서 유치장에서 그토록 고생했는데 마지막 미션이 더 남았다니! 옥고까지 치렀으니 혹시나 답해 주지 않을까 기대하면서 경성챗봇에게 질문을 던졌다. 마지막 미션을 미리 알려 주면 안 되냐, 스마트폰 배터리가 예전에는 하루 1%씩 방전됐는데 지금은 불규칙해 불안하니 기준을 알려 달라, 모형 전차 탑승은 배터리가 0%가 되기 직전인 1% 시점에 해야 하느냐, 아니면 0%가 됐을 때 해야 하느냐 등등. 하지만 내가 입력한 글은 전송되지도 않고 경성챗봇이 부재중이라는 메시지만 뜰 뿐이었다. 그런데 스마트폰을 찾은 것이며, 남은 미션도 딱 하나뿐이라는 게 얼마나 다행이냐는 긍정적인 생각이 들었다. 그래, 얼른 마지막 미션을 하고 21세기로 돌아가자! 나는 종로서를 나와 스미레 집으로 향했다.

¤

딴엔 양심이 있는지 스미레는 여태 보지 못한 멋쩍은 모습으로 나를 맞이했다. 나는 레이저 눈빛으로 쏘아보며 최대한 냉랭하게 말했다.

"수업하러 온 거 아냐. 이제 더 못 한다고 하려고 왔어."

안 그래도 스미레 과외를 그만두고 싶었는데 이참에 끝내 버리자고 각오를 하고 온 터였다.

"어? 그게 무슨 말이야?"

스미레가 당황하며 되물었다. 나는 딱 집어서 대답했다.

"몰라서 물어? 네가 내 드로잉 북 빼돌려서 너희 아버지한테 줬잖아. 그 덕에 난 종로 폴리스 스테이션에 붙잡혔다 왔고."

"미안해……. 그건 내가 잘못했다."

뜻밖에도 스미레는 순순히 사과를 했다.

"미안하면 다니? 내가 고문 받다가 몸 상하거나 죽기라도 했으면 어쩔 건데? 내가 종로서 잡혀가니 알겠더라. 네 나라 일본한테 우리 조선 사람들이 얼마나 고통받고 있는지. 너무 치가 떨려!"

스미레가 진저리 치며 두 손으로 얼굴을 가렸다. 그 모습이 뻔

뻔하게 느껴져 나는 계속 몰아세웠다.

"얼굴을 왜 가려? 가증스럽게?"

"그게 아니라……."

"됐고, 네가 나를 위험하게 했기 때문에 나는 너 못 가르쳐. 선생을 고자질하는 학생을 어떻게 가르쳐? 너라면 할 수 있겠니?"

스미레가 내 팔을 덥석 잡았다. 그러곤 간절한 얼굴로 말했다.

"로라, 진짜 미안하다. 사실 내가 질투에 눈이 멀어 네 뒷조사를 하고 아버지한테도 수상하다고 일렀어. 근데 아버지가 너를 잡아넣을 줄은 진짜 몰랐다. 놀라서 아버지한테 따졌더니 네가 잉글리시쿠라부에서 수상한 말을 해서 어쩔 수 없었다고 하시더라."

"어이가 없네. 그걸 변명이라고 해? 너는 나에게 옥살이시킬 생각까지는 없었는데 내가 수상한 말을 해서 그렇게 됐다?"

"그렇게 들렸다면 미안하다. 암튼 그러다 신문에 네 기사가 실린 걸 봤어. 마음이 안 좋더라. 정말 네가 영어가 서툴러서 그렇게 말할 수도 있잖아, 아무리 영어를 잘해도 말이 헛나올 수도 있고. 게다가 1945년이든 1995년이든 조선이 무슨 수로 독립을 하겠니."

얘가 왜 이러지, 인생 착하게 살기로 마음먹었나, 하는 참에 스미레의 마지막 말이 턱 걸렸다. 조선이 무슨 수로 독립을 하겠느냐니. 할 말은 많았지만 참을 수 밖에 없었다. 지금의 당면 과제는 이 과외를 끝내는 것. 스미레를 참교육하려다가 뜻하지 않은 일이 벌어질 수도 있으므로. 스미레가 내 눈치를 살피며 말을 이었다.

"그래서 아버지에게 털어놓았어. 사실 현지완을 짝사랑해서 오로라를 시샘했다, 걔는 불령선인과는 거리가 먼 것 같다고. 그림은 시간이 없어서 그리다 만 것 같다고도 말씀드렸어."

"병 주고 약 주니?"

내가 쏘아붙이자 스미레가 씁쓸한 표정을 지었다.

"그래, 할 말 없다. 근데 너, 사랑 같은 거 해 봤니? 난 현지완이 처음이다. 진짜 사랑이 아니라 짝사랑이지만. 그래서 널 내 연적이라고 생각했지. 근데 생각해 보니 넌 연적이 아니더라. 지완은 나를 좋아한 적 없고 나 혼자 짝사랑했는데 네가 어떻게 내 연적이겠어. 암튼 미안하다."

무슨 귀신 씻나락 까먹는 소리인지. 하지만 스미레가 아주 밉지는 않았다. 일본은 지금까지도 과거를 반성하지 않는데 스미레는 어쨌건 사과를 하니까. 조금이나마 진심도 느껴지니까.

"너한테 영어를 더 배우고 싶지만 안 되겠지. 내가 한 짓이 있는데. 그동안 영어 가르쳐 줘 고맙다. 덕분에 도움 많이 됐어. 굿러꾸!"

스미레가 살짝 웃었다. 나도 마음을 조금 풀고 대답해 주었다.

"잘못을 인정해서 다행이다. 그 말 안 했으면 내가 너 평생 미워했을 텐데. 그리고 나는 사랑 같은 거 아직 안 해 봤어. 지완이하고도 네가 생각하는 그런 사이 아니야. 함께 영어 배우고, 조선의 미래를 생각하는 동지일 뿐. 하지만 사랑이든 짝사랑이든 언젠가는 나도 할 수 있겠지."

스미레가 쓸쓸한 표정으로 고개를 끄덕였다. 더 할 말도 없고 생각보다 빨리 문제가 해결돼 나는 스미레 집을 나섰다. 홀가분하기만 할 것 같았는데 꼭 그렇지만은 않았다. 스미레와 나의 인연이 왠지 아프게 느껴졌기 때문이었다.

¤

집에 도착해 대문으로 들어서자 어머니와 도훈이 마당까지 뛰쳐나왔다.

"아이고 로라야. 몸 상한 데 없니? 얼굴이 반쪽이 됐구나."

어머니가 눈물을 글썽이며 내 얼굴과 몸을 살폈다.

"예, 괜찮아요. 상한 데 없어요."

"모진 놈들! 뭔 잘못을 했다고 내 딸을 잡아 가둬? 얼마나 고생 많았니. 에미랍시고 도움도 못 되고 마음만 졸였구나."

"아니에요, 마음 졸여 주셔서 이렇게 나온 거예요. 가족이란 아무리 멀리 떨어져 있어도 서로 응원해 주는 사이잖아요. 근데 저 잡혀간 거 어떻게 아셨어요? 학교에서 연락 왔어요?"

도훈이 분개한 투로 말했다.

"누나 친구들도 와서 전해 줬지만 종로서 순사 놈들이 수색한다고 집을 발칵 뒤집어 놓고 갔어. 어머니가 너무 놀라서 밤에 경찰서까지 갔는데 순사 놈들이 쫓아내서 밤새 담벼락 밑에 서 있다가 오셨고. 누나 무사히 나와 정말 다행이다."

어머니가 밤새 종로서 앞을 서성였다니 눈물이 났다.

"힘들게 왜 그러셨어요. 아무튼 고생 안 하고 나왔으니 이젠 걱정 마세요."

"딸이 경찰서에 잡혀갔는데 그 정도도 안 하면 에미겠냐? 네가 에미 약값 버느라고 영어 과외며, 번역이며 하다가 그 사달이 났으니 얼마나 내가 원망스럽던지. 애간장이 다 녹는 거 같아 잠이 안 오더라."

"어머니 편찮으실 때 그 정도도 안 하면 딸이겠어요? 저 고생 안 했으니 그만하셔요."

"그래, 그 얘기 자꾸 하는 것도 싫지?"

나는 고개를 끄덕이며 말꼬리를 돌렸다.

"예. 근데 김곱분 있죠? 그 여자가 저를 종로서에 일러바쳤더라고요. 제가 밤마다 수상한 짓 한다고. 말도 안 되는 모함이죠. 그것 때문에 제일 힘들었어요."

"곱분이가? 백화점 잘렸대서 월세도 깎아 줬는데? 고얀 년 같으니라고."

도훈이도 눈을 휘둥그레 뜨고 분해했다.

"진짜 괘씸하다. 우리가 한식구처럼 대해 줬는데. 근데 학교에서 지완 형한테 들었는데 수지 누나가 자기 아버지한테 강하게 부탁해서 누나 빼내 달라고 울고불고했나 봐. 지완이 형 아버지도 종로서에 얘기를 넣어 주고. 그래서 지완이 형이 오늘은 누나가 나올 거라고 그러긴 했어."

수지와 지완이 애써 줬다는 얘기에 가슴이 울컥했다.

잠시 후 어머니가 내온 저녁을 먹고 방으로 들어와 누웠다. 그동안 일어난 일들이 주마등처럼 머릿속에 스쳐 지나갔다. 마지막 미션이 뭔지는 모르지만 얼른 완수하고 빨리 21세기로 돌아가고만 싶었다. 일제 강점기의 삶을 몸소 체험해 보니 더는 머물 곳이 아니었다. 내가 역사 인식 없이 너무 편안하게 살아 왔다는 것도 뼈저리게 와 닿았다.

"휴우 더는 못 있겠어. 배터리도 얼마 안 남았네. 빨리 최종 미션 완수해서 대한민국으로 얼른 돌아가고 싶다."

혼잣말을 하자마자 스마트폰이 울리며 알림톡이 왔다.

경성챗봇 알림톡 도착

- 고객명: 오로라
- 내용: 고객의 희망에 따라 스마트폰 쌧쎄리가 더 쌜리 방전될 예정인 바, 갑자기 완전 방전될 수 잇음을 알림.
- 주의: 쌧쎄리가 1푸로 남앗을 쌔ㅅ까지 최종 미쏜을 완수하고 모형 전차에 탑승해야 백 튜더 퓨쳐 할 수 잇음을 명심 바람.

Good Luck!

배터리가 더 빨리 방전될 거라고? 갑자기 완전 방전될 수도 있다고? 놀라 스마트폰을 확인했다. 종로서에서 나오기 직전의 잔량이 21%였는데 한 시간 남짓 지난 지금 17%로 줄어들어 있었다. 갑자기 마음이 급해졌다. 배터리가 갑자기 완전 방전될 수도 있다는데 그 사이에 마지막 미션을 찾고 완수까지 할 수 있을까? 그때 대문 밖에서 누가 나를 부르는 소리가 들렸다.

나가 보니 지완이 와 있었다.

"어, 우리 집까지 웬일이야?"

지완이 걱정스러운 눈빛으로 나를 살폈다.

"종로서에 갔더니 석방됐다기에 집으로 왔지. 얼굴이나 보고 가려고. 다친 데 없지? 괜찮은 거지?"

"괜찮아. 다친 데 없어. 내일 학교에서 도훈이한테 들어도 될 텐데 뭐 하러 여기까지 왔어. 수지랑 네가 힘써 준 거는 들었어. 진짜 고마워."

"고맙긴. 얼굴 보니 마음 놓인다. 나 때문에 고생한 거 너무 미안하고. 그래서 말인데 내일은 학교 끝나고 오후 4시까지 경성역 앞으로 와. 석방 기념으로 2층 라운지에서 돈가스 사 줄게. 내일은 수업하지 말고 그냥 놀자."

"아, 내일 과외 하는 날이지? 까먹을 뻔했네. 근데 돈가스 먹자고? 와, 맛있겠다."

일제 강점기에 와서는 돈가스를 한 번도 먹어 보지 못했는데 벌써부터 군침이 돌았다. 지완이 해맑게 웃었다.

"로라가 돈가스 좋아하는구나. 진작 사 줄걸. 얼굴 봤으니 이만 갈게. 근데 배웅해 주지 않을래?"

"왜 안 되겠어. 우리 집까지 오셨는데. 가자."

나는 지완의 팔에 팔짱을 끼며 걸음을 옮겼다. 지완이 놀란 눈으로 나를 보았다. 나는 모르는 척 앞만 보고 걸었다.

골목 어귀에 다다랐을 때였다. 지완이 바지 주머니에서 뭔가를 꺼내더니 내 손에 꼭 쥐여 주었다. 네모반듯하게 접은 쪽지였다.

"어, 뭐야? 러브 레터?"

"집에 가서 펴 봐. 내일 봐!"

지완은 이렇게 말하고는 후닥닥 뛰어가 버렸다. 나는 얼른 집으로 와서 내 방에서 쪽지를 펴 보았다. 실망스럽게도 러브 레터가 아니었다. 글씨도 지완의 글씨체가 아니고. 무엇보다도 첫 문장부터 옛날 맞춤법으로 쓰인 데다 내용도 아리송했다.

> 로라 보거라. 애비다. 밧비 몃 자 쓴다.
>
> 이 편지는 일근 후 반다시 찢거나 불태워 버리거라.

'애비'라면 아버지? 아빠? 비록 옛날 맞춤법으로 썼어도 글씨체가 익숙했는데 21세기 아빠의 글씨체였다. 하지만 아빠는 '애비'라는 표현을 안 쓰는데? 게다가 읽는 즉시 없애라고? 왜? 심상치 않은 느낌에 급히 다음을 읽어 내려갔다.

네 활약상에 대해서는 신문에서도 보고 지완 군에게서도 전해 들엇다. 조선의 독립을 날짜까지 예견햇다는 점에서 애비는 깁히 감명을 바닷고 내 딸이 자랑스러웟다.

비록 13년이나 기다려야 한다는 게 너무 길게 느껴지지만, 잔악한 왜놈들로부터 조선이 해방되기만 한다면 이십 년 삼십 년인들 엇지 못 기다리겟느냐? 너도 그런 간절한 바람으로 1945년 8월 15일이라고 말햇으리라.

네 덕분에 쪼들니던 집안 형편도 나아지고 어미도 도훈이도 안정이 된 거 가튼즉, 식구들 안부는 뭇지 안흐마. 다만 내게는 빼앗긴 나라를 찻는 일이 먼저라, 집안을 사사로이 돌보지 못함을 양해하기 바란다. 나라가 잇고서야 백성이 잇고, 가정도 잇지 안켓느냐?

애비는 얼마 전 경성으로 왓스나 곧 다시 상해로 드러간다. 떠나기 전 네게 부탁할 게 잇다. 그건 조선이 잔악한 왜놈들에게 짓밟펴 고통밧는 상황을 영어 문서로 맨드는 일이다.

제국주의의 잔악한 행태를 고발하고 세계 평화를 추구하자는 평화 세계 회의가 얼마 후면 상해에서 열린다. 물논 영어로 하는 회의다. 이는 일제 치하에서 신음하는 조선의 상황을 세계만방에 알릴 수 잇는 절호의 기회이기에 무슨 수를 써서라도 참가할 거시나, 우리 조지에는 영어를 자유로이 할 수 잇는 동지가 업다. 설사 할 줄 안다 해도 일본식 영어라 서양 사람들은 잘 알아듯지 모탄다.

그러키에 네 영어 실력이 매우 령롱하다 하니 영어로 된 문서를 맨드러 주되, 영어 문장 아래에 조선말 발음도 적어 주면 잘 활용하겟다. 길게 쓸 필요는 업고 일것슬 때 3분 분량이면 되겟구나. 시간은 명일 저녁 5시까지.

중차대한 임무를 주어 미안한 마음 업지 안으나 애비는 꼿가트고 보석 가튼 내 딸 로라를 밋는다.

조선의 독립을 염원하며, 애비 씀.

추신–항상 몸조심 하렴으나.

아, 이 편지의 발신인은 독립운동하러 상해로 갔다는 그 아버지? 가슴이 서늘하고 바위를 올려놓은 듯 어깨가 무거웠다. 그러니까 일제 강점기 치하의 조선 상황을 알리는 영어 문서를 작성하는 것이 마지막 미션? 근데 이 편지를 지완이 전해 줬고, 또 내가 쓴 영문을 아버지에게 전달하는 역할을 맡았다면 녀석도 독립투사? 갑자기 눈물이 핑 돌았다. 이런 사정이 있었기에 경성잉글리시클럽 스터디를 할 때 지완이 격한 말을 했구나 짐작도 갔다.

문득 역사 시간에 배웠던 헤이그 특사 사건이 떠올랐다. 고종 황제가 네덜란드 헤이그에서 열린 만국 평화 회의에 특사를 파견해 을사늑약의 불법성을 폭로하고 조선의 주권 회복을 호소하려고 했던, 그러나 일본이 방해해 특사들이 회의장에도 못 들어

가고 실패했다고 했던가. 기억이 가물가물해 스마트폰을 검색해 보니 뒷이야기가 더 있었다.

> ……그러자 이준, 이상설, 이위종 등 세 명의 특사들은 세계 여러 나라 기자들 앞에서 을사늑약이 강제로 맺어진 조약이라는 내용으로 영어 연설을 하는 등 여러 가지로 노력했다. 하지만 뚜렷한 성과를 얻지 못하자 이준은 헤이그에서 자결했고, 특사 일행은 만국 평화 회의가 끝난 뒤에 구미* 각국을 순방하면서 국권 회복을 위한 외교 활동을 펼쳤다. 그 뒤 일본은 헤이그에 특사를 보낸 것을 핑계 삼아 고종을 협박, 강제로 황제의 자리에서 물러나게 했다.

아버지의 편지에 따르면 이번에 상해에서 열린다는 평화 세계 회의는 1907년 헤이그 특사들이 파견됐던 만국 평화 회의와 비슷한 행사인 듯했다. 다만 헤이그 특사들은 일본이 방해해서 회의장에도 못 들어갔지만 이번만큼은 아버지가 속한 단체에서 어떻게든 참가할 것 같았다.

가슴이 먹먹해 들창을 활짝 열었다. 후덥지근한 밤바람이 불어 들어왔다. 봄 4월에 이곳에 왔는데 어느새 9월 중순이었다. 혹시 그새 새로운 알림톡이 와 있을까 싶어 스마트폰을 열어 보았다.

* '구라파'와 '미국'을 합친 말로 유럽과 미국을 아울러 이르는 말.

하지만 경성챗봇 알림톡엔 예전 알림만 있을 뿐 새로운 내용은 없었다. 다만 배터리는 아까보다 더 줄어 15%였다.

마음이 급했다. 막상 겪어 보니 일제 강점기가 너무 무겁게 인식되었다. 난 어떻게든 미션만 완수하면 21세기로 돌아갈 수 있다고 믿었다. 현실적으로 일어날 수 없는 판타지가 내게 일어난 거고, 소설이나 드라마 주인공은 판타지 세계에서 모험을 끝내면 현실 세계로 돌아가기 마련이니까. 그래서 별로 심각하게 생각하지 않고 긍정적인 마음으로 하루하루를 보내며 주어지는 미션들도 무난히 잘 수행했다. 하지만 일제 강점기를 실제로 살아간 조선인들에게 그 시기는 얼마나 힘들고 고통스러운 시간이었을까.

마지막 미션을 완수해야 21세기로 돌아갈 수 있기 때문만은 아니었다. 아버지의 당부대로 일본이 조선을 불법으로 지배하게 된 것, 그러고는 가증스럽게도 내선일체를 외치며 조선인을 핍박하고 있는 현실을 본 대로 느낀 대로 써야겠다는 생각이 들었다. 겨우 하룻밤 유치장에 갇혔다 나왔지만 나라를 빼앗기고 식민지 백성으로 산다는 게 얼마나 힘들고 고통스러운지를 몸소 체험했기에…….

정신이 몽롱하고 몸도 피곤했지만, 나는 공책을 꺼내 일제 강점기 조선의 현실에 대해 글을 쓰기 시작했다. 일단 우리말로 쓴 다음 영작을 할 작정이었다. 너무 길게 쓸 수는 없으니까 짧으면서도 강렬하게. 그리고 세계인의 마음을 움직일 수 있게 써 보기로 했다. 국어 성적은 최상위권이고 초등학교 시절부터 글짓기 대회에서 장려상이나 입선은 여러 번 받아 온 실력이라 그 정도는 쓸 수 있을 것 같았다.

우선 제목부터 생각해 보았다. '어느 조선 여학생의 절규' '어느 조선 여학생의 호소' 등 여러 가지를 썼다가 '조선 독립을 염원하는 조선 여학생의 호소'로 정했다. 그런 다음 본문을 쓰고 영어로 작문하기 시작했다. 스마트폰의 도움은 최소화하고 나 스스로 영작하려 애썼다. 그래야지만 세계인의 마음을 움직일 수 있을 것 같아서. 물론 '조선 총독부'나 '독립운동가' '대한독립만세' 같은 어려운 단어들은 스마트폰으로 영어 사전을 찾았고, 영작 문장도 자신이 없는 것은 번역 앱을 활용했다.

영작하는 사이 스마트폰 배터리 잔량을 수시로 확인했다. 글을 마치기 전이나 영어 호소문을 지완에게 전달하기도 전에 배터리가 모두 방전되면 큰일이니까.

ꕥ

굿 바이 경성! 굿 럭 지완!

1%

꼬끼오오오! 수탉 우는 소리에 눈을 번쩍 떴다. 괘종시계가 다섯 시를 훌쩍 지나 있고 들창 밖은 파랗게 먼동이 트고 있었다. 기름이 다 떨어져 가는지 호롱불은 가물가물했다. 영어 호소문을 쓰다가 책상에 고개를 묻고 깜빡 잠이 든 모양이었다.

눈을 비비며 정신을 차렸다. 영어 문서는 다 완성되고 각 문장 아래에는 우리말 발음까지 또박또박 적혀 있었다. 다만 마지막 몇 문장을 마무리하지 못한 상태였다. 아버지가 보낸 편지는 간밤에 어머니와 도훈이 잠든 틈을 타서 마당에서 모두 태워 버렸다. 스마트폰 배터리는 이제 7%. 아무래도 오늘 오후 5시쯤 스마트폰이 꺼질 것 같았다. 오늘은 마지막 미션을 수행하는 날인데 지완은 오후 4시에 만나기로 했고 아버지가 부탁한 영문 호소문은 5시까지가 시한이라고 했으니까. 그러니 지완을 4시에 만나 돈가스를 함께 먹고 5시에 영문 호소문을 전달하면 될 것 같았다. 그런 다음 나는 21세기 대한민국으로……. 그날이 왔다는 생각에 긴장이 되었다.

살금살금 마당으로 나와 소금물로 양치하고 찬물로 세수부터 했다. 조용한 걸 보니 어머니와 도훈은 아직 한밤중인 것 같았다. 나는 다시 방에 들어와 머리를 단정하게 땋은 후 교복으로 갈아입고 책상 앞에 앉았다. 그리고 마지막 문장 아래에 정성껏 우리말 발음을 적기 시작했다.

As long as there are independence fighters struggling for Joseon's independence, I believe it will surely become independent from Japan on August 15, 1945. Additionally, the Government-General of Joseon, an ugly building that blocks Gyeongbokgung Palace, the symbol of Joseon, will be removed by own people. The Gwanghwamun which was moved to the east, will also be placed in front of Gyeongbokgung Palace's main gate.
People of the world who love peace!
Until that day comes, please pray with one heart for the independence of Joseon. Long live Korean

independence!

Daehan doglib manse! Joseon doglib manse!

–Tuesday, August 27, 1932. written by Oh Rora

애즈 롱 애즈 데얼 아 인디펜던스 파이터즈 스트러글링 포 조선스 인디펜던스, 아이 빌리브 잇 윌 슈얼리

비컴 인디펜던트 프럼 저팬 온 어거스트 피프틴쓰, 나인틴 포티 파이브.

어디셔널리, 더 거번먼트 제너럴 어브 조선, 언 어글리 빌딩 댓 블락스 경복궁 팰리스, 더 심벌 어브 조선, 윌 비 리무브드 바이 오운 피플.

더 광화문 휘치 워즈 무브드 투 디 이스트, 윌 올쏘 비 플레이스드 인 프론트 어브 경복궁 팰리스즈 메인 게이트.

피플 오브 더 월드 후 러브 피스!

언틸 댓 데이 컴즈, 플리즈 프레이 위드 원 허트 포 디 인디펜던스 오브 조선. 롱 리브 코리언 인디펜던스!

대한 독립 만세! 조선 독립 만세!

–튜즈데이, 어거스트 퉨티세븐, 나인틴써티투, 뤼튼 바이 오로라.

이렇게 다 쓰고서 우리말 발음 마지막 글자 옆에 마침표를 찍는데 아랫부분의 여백이 눈에 들어왔다. 그 여백에 그림을 그려

넣고 싶다는 생각이 머리를 스쳤다. 조선 총독부가 철거되고, 광화문이 경복궁 앞쪽에 있는 그림을……. 나는 색연필을 꺼내 아래 여백에 경복궁과 광화문을 그려 넣었다. 그림 아래에는 영문으로 설명을 다는 것도 잊지 않았다.

Gwanghwamun with a view of Gyeongbokgung Palace and Bukak Mountain.

This is the original appearance of Gwanghwamun.

The Government-General of Joseon is out.

광화문 위드 어 뷰 오브 경복궁 팰리스 앤드 북악 마운틴.

디스 이즈 디 오리지널 어피어런스 어브 광화문.

더 가번먼트 제너럴 오브 조선 이즈 아웃.

영문도 완벽한 문장이 아닐 테고, 그림도 잘 그리진 못했다. 그래도 이만하면 됐다 싶었다. 스마트폰을 보았더니 이제 배터리는 5%.

갑자기 마음이 불안해졌다. 오후 4시에 지완을 만나기로 했는데 그때까지 배터리가 남아 있을까? 혹시 배터리 잔량이 1%가 될 때까지 지완에게 호소문을 전하지 못하면 어떻게 되는 거지? 한편으로는 착잡하기도 했다. 영문 호소문을 지완에게 전하는 최종 미션을 완수하고 내가 대한민국으로 돌아가면 남겨진 이곳 식구와 친구들은 어떻게 되는 걸까. 내가 말없이 사라지면 이곳 어머니와, 도훈, 수지는? 현지완이랑 경성잉글리시클럽은? 아직 다 못 끝낸 『피터 앤 웬디』 번역은?

실타래가 엉킨 듯 머릿속이 복잡했다. 하지만 곰곰이 생각해 보니 어차피 이것은 판타지. 내가 미래에서 왔다는 걸 아는 사람은 지완뿐이니 내가 사라짐과 동시에 모든 것이 제자리로 돌아갈 것 같았다. 다만 지완을 두고 간다고 생각하니 가슴이 아렸다. 녀석은 일제 강점기에서 만난 진정한 친구였기에. 더구나 아버지를 비롯한 독립투사들과 연결돼 있으니 해방되기까지 지완이 얼마나 많은 고초를 겪을지 생각하니 마음이 아팠다.

그렇대도 여기에 남아 있을 수는 없다. 나는 21세기로 돌아가야 한다. 그래, 지완은 지완대로 일제 강점기에서, 나는 나대로 21세기 대한민국에서 할 일이 있을 거다. 나는 영어 호소문을 편지봉투에 담아 책가방 깊숙이 넣었다.

¤

아침에는 안개가 자욱하더니만 오후가 되니 말끔하게 걷혔다. 배꽃학당에서의 수업을 마친 후 나는 하교하자마자 서둘러 경성역으로 향했다. 마침 늘 함께 하교하던 수지가 집에 일이 있다면서 먼저 가는 바람에 경성역에 나 혼자 갈 수 있었다. 지완을 만날 때 수지가 있으면 불편할 거 같았는데 잘되었다 싶었다.

그런데 21세기로 돌아갈 수 있다면 홀가분해서 방방 뜨기라도 할 줄 알았는데 그 반대였다. 오늘이 일제 강점기에서의 마지막 날일 것 같다고 생각하자 마음도 발걸음도 무거웠다. 무엇보다도 나는 떠나지만 지완을 비롯한 조선인들은 앞으로 13년이나 일제의 압박을 받으며 고통스럽게 살아갈 걸 알기에 더 그랬다. 그래도 가야 하고, 안 갈 수는 없는 몸. 그 사실이 내 마음을 더욱 무겁게 했다.

경성역 광장에 도착해 시계를 보니 3시 57분이었다. 스마트폰 배터리는 이제 3%. 약속 시간이 다 됐는데 지완은 보이지 않았다. 집에서 과외할 때는 물론 가끔 야외 수업을 하거나 청년회관에서 경성잉글리시클럽 스터디가 있을 때도 꼭 먼저 도착해 있던 녀석인데……. 곧 오겠지. 사람이 늦을 때도 있는 거지. 초조한 마음을 달래며 나는 계속 기다렸다. 그런데 4시 정각을 지나 30분이 넘도록 지완은 오지 않았다. 이제 스마트폰 배터리 잔량은 2%. 0%가 되기 전, 아직 1%일 때 지완을 만나야 하는데. 녀석이 나타나지를 않으니 너무나 초조했다.

혹시나 싶어 경성역 2층에 있는 라운지에도 가 보았다. 아무리 눈을 부릅뜨고 찾아도 지완은 보이지 않았다. 엇갈리면 안 된다는 생각에 다시 급히 경성역 광장으로 내려왔다. 시간은 하염없이 흘러가는데 지완은 나타날 낌새가 없었다.

그러다 5시가 다 되었을 때였다. 이제 남은 배터리는 1%. 너무 조급해서 발을 동동거리고 있는데 지게꾼 하나가 나를 툭 치고는 “역사 오른쪽 골목으로 뛰지 말고 천천히 걸어서. 현지완이 기다림."이라고 말하고는 급히 지나갔다. 깜짝 놀라 사방을 살폈지만 지게꾼은 벌써 온데간데없었다.

우물쭈물할 시간이 없었다. 마음은 급했지만 지게꾼이 말한 골목으로 나는 천천히 걸어갔다. 가슴이 떨리고 다리가 후들거렸다. 사방을 살피며 골목 어귀까지 갔을 때였다. 누군가 내 팔을 확 낚아채 골목 안으로 밀어넣었다. 남루한 양복 차림에 둥글납작한 모자를 눌러쓰고 안경을 낀 남자였다. 놀라 비명을 지를 뻔한 찰나 남자가 말했다.

"쉿, 로라. 나 지완이야."

"헉. 지완아!"

"너무 늦어 걱정했지? 근데 얼른 가야 해. 미안해. 영어 문서는?"

어제까지만 해도 여유 있어 보였는데 이렇게 늦게 와서는 얼른 가야 한다니. 나는 영문 호소문을 넣은 봉투를 책가방에서 급히 꺼내 지완에게 주었다.

"난 괜찮아. 그리고 이거."

지완이 봉투를 받아 양복 윗도리 안자락에 넣으며 비장한 눈빛으로 말했다.

"얼굴 퀭한 거 보니 밤새워서 썼구나. 정말 고마워. 로라가 한 일은 조선 독립에 큰 힘이 될 거야. 그리고 이건 대한민국에 도착하면 읽어 봐. 오늘 일이 꼬여서 선물은 준비 못 했어."

지완이 그림엽서를 내게 건네는데 삑 삑 호루라기 소리와 함께 여럿이 뛰어오는 구둣발 소리가 아주 크게 들렸다. 지완이 나를 급히 껴안고는 두 눈을 들여다보며 말했다.

"로라 잘 가. 고마웠어. 너를 절대 잊지 않을 거야."

"지완아. 나도……. 그리고 나만 가서 미안……."

이제 가야 할 순간이 온 듯했다. 목이 메어 말을 잇지 못하는데 주변의 소란스러운 소리가 더 가까이 들렸다. 그러자 지완이 사방을 살피더니 나를 품에서 떼어 놓고 반대쪽으로 후닥닥 뛰어갔다. 나는 그림엽서를 손에 든 채 지완이 멀어져 갈 때까지 그 자리에 서 있었다. 녀석의 뒷모습이라도 가슴에 고이 담아 두고 싶어서……. 뜨거운 눈물이 흘러내려 뺨을 적셨다.

그때 역사 안쪽에서 뿌우 뿌우 우렁찬 기적이 울렸다. 이어 전차 정류장 쪽에서 딸랑딸랑 종소리가 들려왔다. 놀라서 보니 승객들이 전차에 올라타고 있었다. 드라마 세트장에서 타고 왔던 바로 그 모형 전차였다. 나는 죽을힘을 다해 전차 정류장으로 달려갔다. 중간에 발이 꼬여 넘어질 뻔했지만 막 출발한 전차에 가까스로 올라탈 수 있었다.

자리에 앉아 숨을 고르는데 이내 전차가 심하게 흔들리며 현기증으로 눈앞이 팽그르르 돌았다. 그리고 의식이 가물가물해지며 정신을 잃었다 싶은 찰나, 딸랑딸랑 울리는 종소리를 뚫고 누군가 외치는 소리가 들렸다.

"대한민국역입니다, 대한민국역! 종점이니 모두 내리세요!"

그때 옆에서 누가 나를 흔들었다.

"오로라! 얼른 내리자. 전차 타러 왜 이리 늦게 왔어. 게다가 올라타자마자 졸고 쯧쯧."

절친 수지였다. 긴 생머리가 찰랑찰랑하고 눈가엔 반짝거리는 아이섀도, 입술엔 연핑크 립스틱을 바른 우리 학교 교복 차림의 진짜 수지. 나도 타임 슬립 하기 전의 차림새 그대로였다. 차내 광고판에는 여전히 일제 강점기 영어 광고들이 붙어 있었다.

"어, 대한민국역이야?"

"그래. 얼른 내리자니까."

허둥지둥 모형 전차에서 내리니 정말 드라마 세트장의 대한민국역 정류장이었다. 수지가 살짝 눈을 흘겼다.

"너, 전차 타러 안 오는 줄 알고 놀랐잖아. 막차라는데 스마트폰도 연결 안 되고. 잠깐 더 둘러보고 온다더니. 일제 강점기 경성이 뭐 볼 게 있다고?"

수지가 정말 놀랐을 것 같아 나는 사과했다.

"아, 그랬니? 미안."

그런데 무사히 21세기로 돌아왔구나 싶어 마음이 놓이면서도 지완 생각에 가슴이 울컥했다. 수지가 내 얼굴을 들여다보더니 물었다.

"너 울었니? 왜 눈시울이 발개? 눈가에 눈물도 맺혔네."

"울기는! 전차 놓칠까 봐 뛰어오느라고 힘들어서 그렇지."

"손에 든 건 뭐야? 그림엽서 샀어?"

"아, 아무것도 아니야."

나는 얼른 그림엽서를 책가방에 집어넣고 스마트폰을 열어 보았다. 날짜는 4월 19일 17시 17분. 배터리는 33%. 21세기 대한민국에서 오로라의 삶이 다시 시작되는 순간이었다.

반짝이는 건 우리 가슴에

"로라야. 이리 좀 와 봐."

맞은편 서가에서 수지가 호들갑스레 소리쳤다. 열람실에 있던 사람들이 못마땅한 눈길로 우리를 쳐다봤다. 우린 역사 수행 평가 과제를 해야 해서 일제 강점기 독립운동가에 대해 조사하러 동네 도서관에 온 참이었다. 나는 쉿, 하며 조용히 하라는 신호를 보내고 얼른 수지에게 갔다.

"도서관에서 소리 지르면 어떡해. 사람들이 쳐다보잖아."

"미안. 신기한 책을 발견해서 그랬어. 구석으로 가서 보자."

내가 핀잔을 놓자 수지가 웬 책을 보여 주며 속닥거렸다. 『일제 강점기 독립운동과 학생 운동가들』이라는 제목의 책이었다. 구석으로 가서 탁자 앞에 앉자마자 수지가 책을 펼쳐 보였다.

“여기 너랑 내 이름이 있어. ‘경성잉글리시클럽’이라는 영어 스터디 모임에 대한 소개도 있고. 우리하고 동명이인이었던 학생들이 독립운동가였고 그 모임 회원들이었대. 신기하지 않니?”

“경성잉글리시클럽?”

나는 귀가 번쩍해 수지에게서 책을 낚아챘다. 이럴 수가! 책에는 정말 경성잉글리시클럽에 대한 소개와 함께 회원들이 함께 찍은 단체 사진과 개인 사진이 실려 있고 그 아래엔 각각 이름과 소속 학교까지 적혀 있었다. ‘오로라’ ‘임수지’라는 이름이 적힌 사진을 가리키며 수지가 조잘거렸다.

“여기 봐. 오로라, 임수지, 배꽃여자고등보통학교, 라고 쓰여 있잖아. 우리랑 동명이인이 배꽃학당에 다니는 학생 독립운동가였나 봐. 너무 자랑스럽지 않니? 사진이 희미해서 우리랑 닮은 것도 같고 아닌 것도 같고 그러네. 경성잉글리시클럽은 일제 강점기 경성의 학생들이 영어 공부를 하려고 만든 모임이래. 그때도 학생들이 영어를 열공했다니, 드라마 세트장 모형 전차에서 봤던 광고들이 이제야 이해된다.”

“그러게. 신기하다. 천천히 좀 보자.”

나는 떨리는 마음으로 단체 사진부터 훑어보았다. 사진 속에 현지완이 있나 없나 그게 제일 궁금했다. 오십 명 정도가 함께 찍은 데다 너무 빛이 바래 사진 속 인물들은 누가 누군지 알아볼 수 없었다. 그래서 남학생 회원 하나하나를 증명사진처럼 실어 놓은 개인 사진으로 시선을 옮겼다. 부디 있기를, 이렇게라도 지완을 볼 수 있기를 간절히 바라면서.

아, 있었다! 현지완을 찾았다. 가나다순으로 편집을 한 탓에 지완의 사진은 맨 마지막에 실려 있었다. '현지완, 보산고등보통학교'라는 설명과 함께. 모습은 희미했다. 그래도 난 사진의 주인이 지완이라는 걸 똑똑히 알 수 있었다. 짙은 눈썹, 오뚝한 콧날, 꾹 다문 입술, 그리고 동그란 뿔테 안경이 비록 빛바랬을지언정 현지완이라는 것을 똑똑히 알려 주고 있었다. 가슴이 울컥하며 눈시울이 뜨거워졌다.

현지완 사진을 뚫어져라 보고 있는데 수지가 또 조잘거렸다.

"근데 현지완 이 사람은 어디서 본 거 같아. 옆에 있는 강태준이라는 사람도. 전생에 만났나? 로라야, 여기 경성잉글리시클럽 이야기도 읽어 봐. 우리랑 동명이인이 어떻게 독립운동했는지 자세히 나와 있어. 특히 너랑 이름 같은 여학생은 대단하더라."

아, 경성잉글리시클럽. 그리운 그 이름. 나는 책의 한 페이지를 장식하고 있는 경성잉글리시클럽에 대한 글을 차근차근 읽어 내려갔다.

'경성잉글리시클럽'은 보산고등보통학교 현지완 군을 회장, 배꽃여자고등보통학교 오로라 양을 부회장으로 삼아 두 학교 학생이 일제에 의해 엉망이 된 영어 교육을 바로잡아 올바른 영어 공부에 힘쓰고 독립운동에 기여할 목적으로 1932년에 결성한 친목 단체였다.

이 클럽 회원들은 본인들의 영어 실력 고취를 위해 노력했을 뿐 아니라 『피터 앤 웬디』 『빨간 머리 앤』 『데미안』 등 세계 문학 걸작을 직접 번역한 책을 펴냄으로써 열악한 독서 환경에 놓인 조선 어린이와 청소년들에게 희망과 기쁨을 주는 데도 큰 역할을 하였다.

아울러 월등한 영어 실력을 활용해 일제 치하에서 고통받는 조선인의 상황과 치열한 독립운동 등을 세계만방에 알려 조선이 독립을 이루는 데 이바지한 바가 크다. 특히 부회장 오로라 양은 1932년 9월 중국 상해에서 열린 평화 세계 회의에 조선의 상황과 독립의 정당성을 알리는 '조선 독립을 염원하는 조선 여학생의 호소'라는 문서를 영문으로 작성하였고, 회장 현지완 군은 오 양의 호소문을 현지 회의장에서 읽음으로써 세계인의 공감과 지지를 얻는 데 성공하였다.

다만 현지완 군은 해외 독립운동 조직인 조선애국단 회원으로 맹렬히 활약하다 1945년 3월 일경에게 체포돼 안타깝게도 조선 독립을 한 달 앞둔 7월에 옥사하였다.

마지막 부분을 읽는데 목이 메며 눈물이 핑그르르 돌았다. 나는 두 손으로 얼굴을 가렸다. 비록 서로 다른 시대에 있어도 지완이 잘 살았기를 바랐는데 독립을 한 달 앞두고 옥사를 했다니 너무 가슴 아팠다. 수지가 놀라 내 손을 잡았다.

"어머, 로라야 왜 그래. 너무 감동해서 그래?"

"어, 응. 잠시만……."

나는 얼른 눈물을 훔치고 둘러댔다.

"옛날얘기가 감동적이네. 그 당시 학생들이 이런 활동을 했다는 게 너무 자랑스럽고 대견하다. 근데 현지완이라는 학생이 독립을 한 달 앞두고 옥사했다는 게 슬프더라. 그래서 울컥했어."

수지가 해맑게 웃으며 내 등짝을 쳤다.

"아이고, 누가 보면 현지완 그 사람이 전생에 네 남친인 줄 알겠다. 암튼 우리 이 책 스캔해서 PPT 발표 자료 만들자. 역사 수행 평가 최고점은 우리 차지야! 안 그러니?"

"어, 그럴 거 같아. 경성잉글리시클럽이 멋진 조직이라서."

"그렇지. 게다가 우리하고 동명이인인 회원이 있었다는 게 진짜 포인트잖아! 내가 책 대출해 갖고 올게. 조금만 기다려. 울지 말고."

수지가 일어나 책을 들고 대출대 쪽으로 갔다. 나는 그 틈을 타 다이어리 속에 끼워 둔 그림엽서를 책가방에서 꺼냈다. 일제강점기의 경성역이 그려진 엽서인데 뒤쪽엔 지완이 또박또박 쓴 편지글이 적혀 있었다.

나의 어엽븐 로라에게

로라, 작별 인사도 산뜻히 못 하고 이러케 보내 미안해.

경성역 라운지에서 돈가스도 가치 못 머겄네.

로라와 함쎄하며 나는 조선에서 살아갈 힘과 삶을 어덧서.

또한 나는 로라 덕분에 깁히 알게 되엇지.

반짝이는 건 멀리 잇지 안코 우리 가슴에 잇다는 거슬.

나, 로라가 써나간 다음에도 치열하게 살 거야.

나에게, 로라에게, 조선에 붓그럽지 안케,

내 가슴속 반짝이는 걸 더 반짝이게 하기 위해.

로라와 이러케 작별하는 건 슯흐지만,

이런 결말도 나쁘진 안타고 생각해.

우리가 헤어진대서 사랑하지 안흔 건 아니니까.

헤어진다고 사랑을 일허버리는 건 아니니까.

우리 각자의 시대, 각자의 자리에서 열씨미 살자.

그리하야 우리 가슴속의 반짝이는 것을 더 반짝이게 하자!

Sending love to Laura across the ages,

Always your friend, 현지완

편지를 다 읽고 다시 책가방 속 다이어리에 끼워 넣으며 나는 마음속으로 읊조렸다. 그래, 내 가슴속에서 반짝이는 게 뭔지 나도 찾아볼게. 그래서 현지완 너처럼 치열하게, 반짝임을 더 반짝이게 하기 위해 열심히 살아 볼게.

그때 수지가 와서 명랑하게 말했다.

"로라야, 책 빌려 왔어. 가자."

"어, 그래. 얼른 가서 책 스캔하고 자료 만들자!"

나도 힘차게 대답하며 자리에서 일어섰다.

작가의 말

내게는 영어와 관련한 흑역사가 있다. 중학교 1학년 1학기, 5월 초의 일이었다.

고향 청주에서 살던 우리 가족은 아버지의 전근으로 서울로 이사를 했다. 덕분에 나도 난생처음 전학을 가게 되었다.

그런데 전학 첫날부터 멘붕에 빠지고 말았다. 영어 시간 때문이었다. 안 그래도 처음 배우는 영어가 낯설고 힘들던 마당에, 청주의 학교와 서울 학교 간에 진도 차이가 너무나 컸다. 청주 학교에서는 3단원을 배우고 있었다면 서울 학교에서는 벌써 5단원인가 6단원인가를 나가고 있었으니까. (이해를 돕자면 지금은 영어가 초등학교 3학년부터 공교육에 포함되지만, 그때는 중학교 1학년부터라 대부분 중학생이 되고서야 처음으로 ABC를 접했다.)

더구나 선생님이 숙제를 냈는데 교과서 본문을 필기체로 두 번씩 써 오라지 뭔가. 오 마이 갓! 난 필기체는 익숙하지 않은데? 청주 학교에서는 Writing 숙제는 인쇄체로만 냈는데? 필기체 영어를 개발새발 따라 그리더라도 내 능력으론 최소 3박 4일은 걸릴 일이었다.

나는 고등학생이었던 오빠에게 눈물로 호소했다. 제발 영어 숙제 좀 대신해 달라고. 자기 공부 하기에도 바빴으련만 오빠는 하나뿐인 여동생의 눈물을 차마 외면하지 못했다. 여동생의 필기체 Writing이 익숙해질 때까지.

거기까지는 그래도 괜찮았다. 본격적인 시련은 그로부터 며칠 후에 찾아왔다. 선생님이 칠판에 영어 문장을 쓰더니 나더러 읽어 보라는 것이었다. 나는 긴장했지만 제법 또랑또랑하게 문장을 읽었다. 그때 그 문장이 무슨 내용이었는지는 생각나지 않는다. 'Friends'라는 단어만 또렷이 기억날 뿐. 내가 'Friends'를 '프렌즈'라고 읽지 않고 '프렌드스'라고 읽었기 때문이다.

선생님은 내게 'Friends'가 있는 문장을 다시 읽어 보라고 했다. 나는 다시 읽었지만 이번에도 '프렌드스'라고 읽었다. 서울내기 친구들은 와하하 웃었고, 선생님은 버럭 화를 냈다.

"너는 왜 프렌즈를 프렌드스라고 읽니? 프렌드스 노! 프렌즈, 프렌즈, 따라 해 봐!"

나는 그대로 따라 했지만 제대로 따라 읽지는 못했다.

"프렌드스, 프렌드스."

친구들은 또 웃어 댔다. 그 순간만큼 그들은 '프렌즈'가 아니었다. 잔뜩 성이 난 선생님은 내게 또다시 그 단어를 복창하게 했지만 내 입에서는 '프렌즈'가 아닌 '프렌드스'만 나올 뿐이었다. 혀가 굳었는지, 주눅이 든 탓인지, 이상하게도 '프렌즈'가 발음되지 않았다. 선생님은 그 쉬운 걸 왜 제대로 못 하느냐며 나를 크게 나무랐다.

그때부터 나는 영어가 싫었다. 영어에 마음을 닫았다. 그래도 영어를 어느 정도 해야지만 진학도 하고 취직도 할 수 있으니 아주 최소한만, 딱 그만큼만 공부했다.

그런데 지난해 늦봄, 영어 때문에 고민이라는 중학생의 이야기를 듣게 됐다. 그 학생은 다른 과목은 상위권인데 아무리 공부해도 영어 성적이 올라가지 않아 힘들다고 했다. 그래서 영어를 포기하고 싶을 지경이라는 것이었다.

이야기를 듣는 순간, 중학교 1학년 때의 흑역사가 생각났다.

아울러 예전에 역사 공부를 하면서 접했던 책과 다큐멘터리가 떠올랐다. 둘 다 19세기 후반 조선에 영어가 처음으로 들어왔을 때부터 시작해 일제 강점기 각계각층에 영어 열풍이 불었을 때의 이야기와 영어 교육의 현주소까지를 담은 내용이었다. 특히 내가 흥미롭게 봤던 것은 일제 강점기 경성에 있던 보성고등보통학교 학생들이 영어 발음이 이상한 일본인 영어 교사 때문에 동맹 휴학까지 벌인 일이었다. 그래서 언젠가는 영어를 소재로 한 청소년 소설을 써 봐야겠다고 생각했었는데, 중학생의 이야기를 듣자마자 당장 쓰고 싶은 마음이 들었다. 이 책 『조선 판타스틱 잉글리시』는 바로 거기서부터 출발했다.

『조선 판타스틱 잉글리시』는 제목에도 '잉글리시'가 들어가고 오늘날과 일제 강점기의 영어를 키워드로 삼고 있다. 그렇지만 영어에 관한 소설은 전혀 아니다. 무엇보다도 '영어는 스펙의 기본이니 열심히 공부하자'라는 이야기도 아니다. 글로벌 시대인 만큼 누군가는 영어를 잘해야 하겠지만 모두 그럴 필요는 없으니까. 더구나 지금은 번역 앱, 통역 앱까지 있는 세상이 아닌가.

『조선 판타스틱 잉글리시』를 통해 나는 영어든 그 무엇이든 '배움에 대해 마음을 열면 새로운 세상이 보인다'라는 이야기를 담고 싶었다. 소설 속 로맨스의 주인공인 로라와 지완이 그러했듯이…….

이 책을 읽는 여러분도 '배움'을 통해서 새로운 세상을 만날 수 있기를 바란다.

2024년 4월 봄빛 가득한 날에,

신현수

조선 판타스틱 잉글리시

1판 1쇄 펴낸날 2024년 4월 25일
1판 8쇄 펴낸날 2025년 7월 30일

지은이 신현수
펴낸이 김민지

편집 최성휘, 박다예
마케팅 백민열, 김하연

펴낸곳 미래M&B
등록 1993년 1월 8일(제10-772호)
주소 04030 서울시 마포구 동교로 134 미진빌딩 2층
전화 02-562-1800(대표)
팩스 02-562-1885(대표)
전자우편 mirae@miraemnb.com
홈페이지 www.miraeinbooks.com
블로그 blog.naver.com/miraeibooks
인스타그램 @mirae_inbooks

ISBN 978-89-8394-965-3 (43810)

* 잘못 만들어진 책은 구입처에서 바꾸어 드립니다.
* 미래인은 미래M&B가 만든 청소년, 성인을 위한 브랜드입니다.